汪曾祺小全集

人间草木

汪曾祺 著

汪朗 王干 主编

江苏凤凰文艺出版社

图书在版编目（CIP）数据

人间草木 / 汪曾祺著；汪朗，王干主编. — 南京：江苏凤凰文艺出版社，2024.8（2025.7重印）

（汪曾祺小全集）

ISBN 978-7-5594-6803-1

Ⅰ.①人… Ⅱ.①汪…②汪…③王… Ⅲ.①散文集－中国－当代 Ⅳ.①I267

中国版本图书馆CIP数据核字（2022）第074963号

人间草木

汪曾祺 著　　汪朗　王干 主编

出 版 人	张在健
策　　划	李黎　王青
责任编辑	孙建兵　李珊珊　胡泊
特约编辑	王晓彤
责任印制	杨丹
出版发行	江苏凤凰文艺出版社
	南京市中央路165号，邮编：210009
网　　址	http://www.jswenyi.com
印　　刷	江苏扬中印刷有限公司
开　　本	889毫米×1194毫米　1/32
印　　张	7
字　　数	94千字
版　　次	2024年8月第1版
印　　次	2025年7月第2次印刷
书　　号	ISBN 978-7-5594-6803-1
定　　价	298.00元（全10册）

江苏凤凰文艺版图书凡印刷、装订错误，可向出版社调换，联系电话 025-83280257

目录

1	花·果子·旅行——日记抄
7	灌园日记
10	昆明草木
18	蜘蛛和苍蝇
24	礼拜天早晨
35	冬天的树
45	国子监
60	马莲
61	果园杂记
66	关于葡萄
80	葵·薤
88	昆明的花——昆明忆旧之六

96	香港的鸟
99	玉渊潭的传说
104	灵通麻雀
106	云南茶花
109	马铃薯
114	腊梅花
118	紫薇
124	熬鹰·逮獾子
127	猴王的罗曼史
131	狼的母性
134	鳜鱼
138	夏天的昆虫
142	野鸭子是候鸟吗？——美国家书
146	王磐的《野菜谱》
152	人间草木
160	录音压鸟
164	花
174	昆虫备忘录
181	果园的收获

187　古都残梦——胡同

191　北京的秋花

198　草木春秋

203　猫

206　下大雨

208　草木虫鱼鸟兽

215　北京人的遛鸟

花·果子·旅行

——日记抄

我想有一个瓶,一个土陶蛋青色厚釉小坛子。

木香附萼的瓣子有一点青色。木香野,不宜插瓶,我今天更觉得,然而我怕也要插一回,知其不可而为,这里没有别的花。

(山上野生牛月菊只有铜钱大,出奇的瘦瘠,不会有人插到草帽上去的。而直到今天我才看见一棵勿忘侬草是真正蓝的,可是只有那么一棵。矢车菊和一种黄色菊科花都如吃杂粮长大的脏孩子,要经过很大的努力与克制才能喜欢它。)

过王家桥,桥头花如雪,在一片墨绿色上。我忽然很难过,不喜欢。我要颜色,这跟我旺盛的食欲是同源的。

我要水果。水果!梨,苹果,我不怀念你们。

黄熟的香蕉，紫赤的杨梅，蒲桃，呵蒲桃，最好是蒲桃，新摘的，雨后，白亮的瓷盘。黄果和橘子，都干瘪了，我只记得皮里的辛味。

精美的食物本身就是欲望。浓厚的酒，深沉的颜色。我要用重重的杯子喝。沉醉是一点也不粗暴的，沉醉极其自然。

我渴望更丰腴的东西，香的，甜的，肉感的。

纪德的书总是那么多骨。我忘不了他的像。

《葛莱齐拉》里有些青的果子，而且是成串的。

（七日）

把梅得赛斯的"银行家和他的太太"和哈尔司法朗司的"吉普赛"嵌在墙上。

说法朗司是最了解人类的笑的，不错。他画的那么准确，一个吉普赛，一个吉普赛的笑。好像这是一个随时可变的笑。不可测的笑。不可测的波希米人。她笑得那么真，那么熟。（狡猾么，多真的狡猾。）

把那个银行家的太太和她放在一起，多滑稽

的事！

　　我把书摊在阳光下，一个极小极小的虫子，比蚜虫还小，珊瑚色的，在书叶上疾旋，画碗口大的圈子。我以最大速度用手指画，还是跟不上它，它不停的旋，一个认真的小疯子，我只有望着它摇摇头。

（八日）

　　我满有夏天的感情。像一个果子渍透了蜜酒。这一种昏晕是醉。我如一只苍蝇在熟透的葡萄上，半天，我不动。我并不望一片叶子遮荫我。

　　苍蝇在我砚池中吃墨呢，伸长它的嘴，头一点一点的。

　　我想起海港，金色和绿色的海港，和怀念西方人所描写的东方，盐味和腐烂的果子气味。如果必要，给它一点褐色作为影子吧。

　　我只坐过一次海船，那时我一切情绪尚未成熟。我不像个旅客，我没有一个烟斗。旅客的袋里有各种果子的余味。一个最穷的旅客袋里必有买三个果子的钱。果汁滴在他襟袖上，不同的斑点。

我想学游泳，下午三点钟。

气压太低，我把门窗都打开。

（九日）

我如一个人在不知名小镇上旅馆中住了几天，意外的逗留，极其忧愁。黄昏时天空作葡萄灰色，如同未干的水彩画。麦田显得深郁得多，暗得多。山色蓝灰。有一个人独立在山巅，轮廓整齐，如同剪出。我并不想爬上去，因为他已经在那里了。

念 N 不已。我不知道这一生中还能跟她散步一次否？

把头放在这本册子上，假如我就这么睡着了，死了，坐在椅子里……

携手跑下山坡，山坡碧绿，坡下花如盛宴……回去，喝瓶里甘凉的水。我们同感到那个凉，彼此了解同样的慰安……风吹着我们，吹着长发向后飘，她的头扬起。……

水从壶里倒出来乃是一种欢悦，杯子很快就满了；满了，是好的。倒水的声音比酒瓶塞子飞出去另是一种感动。

我喝水。把一个绿色小虫子喝下去还不知道，他从我舌头上跳出来。

醒得并不晚，只是不想起来。有甚么唤我呢，没有！一切不再新鲜。叫一个人整天看一片麦田，一片绿，是何等的惩罚！当然不两天，我又会惊异于它的改观，可是这两天它似乎睡了绿，如一个人睡着了老。天仍是极暗闷，不艳丽，也不庄严，病态的沉默。我需要一点花。

我需要花。

抽烟过多，关了门，关了窗。我恨透了这个牌子，一种毫无道理的苦味。

醒来，仍睡，昏昏沉沉的，这在精神上生理上都无好处。

下午出去走了走，空气清润，若经微雨，村前槐花盛开，我忽然蹦蹦跳跳起来。一种解放的快乐。风似乎一经接触我身体即融化了。

听司忒老司音乐，并未专心。

我还没有笑，一整天。只是我无病的身体与好空气造出的愉快，这愉快一时虽贴近我，但没有一种明亮的欢情从我身里透出来。

每天如此，自然会浸入我体内的，但愿。

对于旅行的欲望如是之强烈。

草屋顶上树的影子，太阳是好的。

（十日）

民国三十四年（一九四五年）记。在黄土坡

民国三十五年（一九四六年）抄。在白马庙

灌园日记

朱砂梅与百合

朱砂梅一半开在树上,一半开在瓶里。第一个原因是花的性格,其次才由于人性。这种花每一朵至少有三个星期可见生命,自然谢落之后是不计算在内的,只要一点点水,不把香,红,动,静,总之,它的蕊盛开了,决不肯死,而且它把所有力量倾注于盛开,能多久就多久。

有一种百合花呢,插下来时是一朵蕾儿,裹得那么紧,含着羞,于自己的美;随便搁在哪儿吧,也许出于怜惜,也许出于疏忽的偶然,你,在鬓边,过两天,你已经忘了这回事,但你的眼睛终会忽然在镜里为惊异注满光和黑。——它开了,开得那么好!

荔枝

荔枝有鲜红的壳,招呼飞鸣的鸟,而鸟以为那一串串红只宜远处看看,颜色是吃不得的。它不知道那层壳是多么薄,它简直忘了它的嘴是尖的唉,于是果实转因此而自喜。孤宁和密合都是本能。而神又于万物身内分配得那么势均力敌,只要那一方稍弱些,能够看到的便只一面:荔枝壳转黑了,它自己酿成一种隽永的酒味。来,再不来就晚了。

一枝荔枝剥了壳,放在画着收获的盘子里。一直,一直放着。

蝴蝶

我有两位朋友,各有嗜好,一位毕生搜集各色蝴蝶,另一位则搜集蝴蝶的卷须。每年春天,他们旅行一次。一位自西向东,一位自东向西,某天,他们同时在我的画室里休息。春天真好，我的花在我的园里作我的画室的城。但他们在我这里完全是一个旅客，怎么来，还是怎么走，不带去甚么。

蒲公英和蜜蜂

蒲公英的纤絮扬起，它飞，混合忧愁与快乐，一首歌，一个沉默。从自然领得我所需，我应有的，以我所有的给愿意接受的，于是我把自己又归还自然，于是没有不瞑目的死。

一夜醒来，我的园子成了荒冷的邱地。太多的太阳，太多的月亮，园墙显得一步一步向外移去，我呆了，只不住抚摸异常光滑的锄柄，我长久的想着，实在并未想着甚么，直到一只蜜蜂嘤然唤我如回忆，我醒了。

我起来，（虽然我一直木立）虽然那么费力，我在看看我的井，我重新找到我的，和花的，饮和渴。

民国三十三年（一九四四年）二月四日夜 鸡鸣月落 疏星在极高远处明昧

昆明草木

序

　　昆明一住七年，始终未离开一步，有人问起，都要说一声"佩服佩服"。虽然让我再去住个几年，也仍然是愿意的，但若问昆明究竟有甚么，却是说不上来。也许是一草一木，无不相关，拆下来不成片段，无由拈出，更可能是本来没有甚么，地方是普通地方，生活是平凡生活，有时提起是未能遣比而已。不见大家箱桄中几全是新置的东西。翻遍所带几册旧书中也找不出一片残叶碎瓣了么。独坐无聊，想跟人谈谈，而没有人可以谈谈，写不出东西却偏要写一点。时方近午，小室之中已经暮气沉沉。

雨下得连天连地是一个阴暗,是一种教拜伦脾气变坏的气候,我这里又无一分积蓄的阳光,只好随便抓一个题目扯一顿,算是对付外面呜呜拉拉焦急的汽车,吱吱呕呕不安的无线电罢了。我倒宁愿找这样一本书或一篇文章看看,自己来写是全无资格的。

十二月十三日记

一、草

到昆明,正是雨季。在家里关不住,天雨之下各处乱跑。但回来脱了湿透的鞋袜,坐下不久,即觉得不知闷了多少时候了,只有袖了手到廊下看院子里的雨脚。一抬头,看见对面黑黑的瓦屋顶上全是草,长得很深,凄凄的绿。这真是个古怪地方,屋顶上长草!不止一家如此,家家如此。荒宫废庙,入秋以后,屋顶白蒙蒙一片。因为托根高,受风多,叶子细长如发,在暗淡的金碧之上萧萧的飘动,上头的天极高极蓝。

二、仙人掌

昆明人家门。有几件带巫术性的玩意。门槛上贴红纸剪成的剪刀,锁。门上一个大木瓢,画一个青面鬼脸。一对未漆羊角生在羊头上似的生在门头上。角底下多悬仙人掌一片。不知这究竟是甚么意思,也问过几个本地人,说不出所以然,若是乡下人家则在炊烟薰得黑沉沉的土墙上还要挂一长串通红通红的辣椒,是家常吃的,与厌胜辟邪无关,但越显出仙人掌的绿,造成一种难忘的强烈印象。

仙人掌这东西真是贱,一点点水气即可以浓浓的绿下来,且茁出新的一片,即使是穿了洞又倒挂在门上。

心急的,坐怕担心费事,栽花木活,糟蹋花罪过,而又喜欢自己种一点甚么出来看看的,你来插一片仙人掌吧,仙人掌有小刺毛,轻软得刺进手里还不知道,等知道时则一手都是了。一手都是你仍可以安然做事。你可以写信告诉人了，找种了一棵仙人掌，告诉人弄了一手刺。就像这个雨天，正好。你披上雨衣。

仙人掌有花，花极简单，花片如金箔，如蜡。没有花柄，直接生在掌片上，像是做假安上去的。从来没见过那么蠢那么可笑的花。它似乎一点不知道自己是个甚么样子，不怕笑。喔唷，听说还要结果子呢，叫作甚么"仙桃"，能好吃么？它甚么都不管，只找个地方把多余的生命冒出来就完事，根本就没想到出果子。这是个不大可解的事，我没见过一头牛一匹羊嚼过一片仙人掌。我总以为这么又厚又长的大绿烧饼应当很对它们的胃口的。它们简直连看也不看一眼！

英国领事馆花园后墙外有仙人掌一大片，上多银青色长脚蜘蛛，这种蜘蛛一定有毒，样子多可怕。墙下有路，平常一天没有两三人走过。

三、报春花

虽然我们那里的报春花很少,也许没有,不像昆明。

——《花园》

我不知怎么知道这是报春花的。我老告诉人"这种小花有个好名字,报春花",也许根本是我造的谣。它该是草紫紫云英,或者紫花苜蓿,或者竟是报春花,不管它,反正就是那么一种微贱的淡紫色小花。花五六瓣,近心处晕出一点白,花心淡黄。一种野菜之类的东西,叶子大概如小青菜,有缺刻,但因为花太多,叶子全不重要了。花梗极其伶仃,怯怯的升出一丛丛细碎的花,花开得十分欢。茎上叶上花上全沁出许多茸茸的粉。塍头田边密密的一片又一片,远看如烟,如雾,如云。

我有个石鼓形小绿瓷缸子,满满的插了一缸。下午我们常去采报春花,晒太阳。搬家了,一马车，车上冯家的猫，王家的鸡，松与我轮流捧着那一缸花。我们笑。

那个缸子有时也插菜花，当报春花没有的时候。昆明冬天都有菜花。在霜里黄。菜花上有蜜蜂。

四、百合的遗像

想到孟处要延命菊去，延命菊已经少了，他屋里烧瓶中插了两枝百合，说是"已经好些天了"。

下着雨，没有甚么事情，纱窗外蒙蒙绿影，屋里极其静谧，坐了半天。看看烧瓶里水已黄了，问："怎么不换换水？"孟说："由它罢。"桌上有他批卷子的红钢笔，抽出一张纸画了两朵花。心里不烦躁，竟画得还好。松和孟在肩后看我画，看看画，又看看花，错错落落谈着话。

画画完了，孟收在一边，三个人各端了一杯茶谈他桌上台路易士那几句诗，"保卫那比较坏的，为了击退更坏的"。现代人的逻辑啊，正谈着，一朵花谢了，一瓣一瓣的掉下来，大家看看它落。离画好不到五分钟。

看看松腕上表，拿起笔来写了几个字：

"遗像　某月日下午某时分，一朵百合谢了。"

其后不久，孟离开昆明，便极少有机会去他屋前看没有主人的花了。又不久，松与我也同时离开昆明又分了手，隔得很远。到上海三月，孟自家乡北上，经过此地，曾来我这个暮色沉沉的破屋里住了一宿，谈了几次，我们都已经走了不少路了，真亏他，竟还把我给他写的一条字并那张画好好的带着？

这教我有了一点感慨。走了那么多路，甚么都不为的贸然来到这个大地方，我所得的是甚么，操持是甚么，凋落的，抛去的可就多了。我不能完全离开这朵百合，可自动的被迫的日益远了，而且连眺望一下都不大有时候，也想不起。孟倒是坚贞的抱着做一个"爱月亮，爱北极星的孩子"的志气，虽然也正在比较坏与更坏的选择之中。松远在南方将无法尽知我如今接受的是一种甚么教育。啊,我说这些干甚么,是寂寞了?"雨打梨花深闭门",收了吧。——这又令我想起昆明的梨花来了。

蜘蛛和苍蝇

甚么声音？我听到一缕极细的声音，嘤嘤的，细，可是紧，持续，从一个极深地方抽出来，一个不可知的地方。可是我马上找到它的来源，楼梯顶头窗户底下，一个墙犄角，一个蜘蛛正在吃一个苍蝇！

这房子不知那里来的那么多蜘蛛！来看房子的时候，房子空着，四堵白壁，一无所有，而到处是许多蜘蛛蛋。他们一边走来走去察看，水井，厨房，厕所，门上的锁，窗上缺不缺玻璃，……我一个人在现在我住的这一间里看着那些蜘蛛蛋。嘻噫！简直不计其数，圆圆的。像一粒绿豆，灰黑色，有细碎斑点，饱满而结实，不过用手捻捻一定有点软。看得我胃里不大舒服，颈子底下发硬起来。正在谈租价，谈合同事，我没有说甚么话。——这些蛋一个一个里面全有一个蜘蛛，不知道在里头是甚么样子？有没有眼睛，有没有脚？我觉得它们都迷迷糊糊有一点醒了似的。啧！啧！——到搬进来的时候都打扫干净了，不晓得他们如何处理那些蛋的。可是，屋子里现在还有不少蜘蛛。

蜘蛛小，一粒小麦大。苍蝇是个大苍蝇，一个金苍蝇。它完全捉住了它，已经在吃着了。它啄它的背，啄它的红颜色的头，好像从里头吸出甚么东西来。苍蝇还活着，挣扎，叫。可是它的两只后脚，一只左中脚都无可救药的胶死了。翅膀也粘住了，两只翅尖搭在一起。左前脚绊在一根蛛丝上，还完好。前脚则时而绊住，时而又脱开。右中脚虽然是自由的，但几乎毫无用处，一点着不上劲。能够活动的只有那只右前脚，似乎它全身的力量都聚集在这只脚上了。它尽它的最后的生命动弹，振得蜘蛛网全部都摇颤起来，然而这是盲目的乱动，情形越来越坏。它一直叫，

一直叫，我简直不相信一只苍蝇里头有那么多的声音，无穷尽的声音，而且一直那么强，那么尖锐。——忽然塞住了，声音死了。——不，还有，不过一变而为微弱了，更细了，而且平静极了，一点都不那么紧张得要命了。蜘蛛专心地吃，而高高的翘起它一只细长的后脚，拼命的颤抖，抖得快极了。不可形容得快，一根高音的弦似的。它为甚么那么抖着呢？快乐？达到生命的狂欢的顶点了？过分强烈的感情必须从这只腿上发泄出去，否则它也许会晕厥，会死？它饱了罢，它要休息，喘一口气？它放开了苍蝇？急急的爬到一边，停了下来。它的脚，它的身体，它的嘴，都静止不动。隔了三秒钟，又换一个地方，爬得更远，又是全身不动。它干吗？回味，消化？它简直像睡着了。说不定它大概真睡着了。苍蝇还在哼哼，在动换，可是它毫无兴趣，一点都不关心的样子……

睡了吗？嗐，不行，哪有这么舒服的事情！我用嘴吹起了一阵大风，直对它身上。它立刻醒了，用六只长脚把自己包了起来。——蜘蛛死了都是自己这么包起来的。它刚一解开，再吹，它跑了。一停，又是那么包了起来。其中有一次，包得不大严密，一只脚挂在外头。——怎么样，来两滴雨罢！这不是很容易的事，我用一个茶杯滴了好多次才恰恰的滴在它身上。夥！这一下严重了，慌了，赶紧跑，向网边上跑。再来一滴！——这一滴好极了，正着。它一直逃出它的网，在墙角里躲起来了。

　　看看这一位怎么样了，来。用一根火柴把它解脱出来，唉，已经差不多了。给它清理清理翅膀腿脚，它都不省人事了，就会毫无意义乱动！它一身纠纠缠缠的，弄得简直不成样子了。完了，这样的自由对它没有甚么多大意思。——还给你！我把苍蝇往它面前一掼，也许做得不大粗柔，蜘蛛略略迟疑了一下，觉得情形不妙，回过身来就跑。你跑！那非还你不可！它跑到那里，我赶在它前头把半死的苍蝇往它面前一搁。它不加思索，掉头便走。这是只甚么苍蝇呢？作了半世蜘蛛，从没有遇过这么奇怪的事情！这超乎它的经验，它得看看，它不马上就走了，站住，对着它高高的举起两只前脚，甚至有一次敢用一只脚去刁了一下。岂有此理！今天这个苍蝇要吃了你呢，当面的扑到你头上来了。一直弄得这个霸王走投无路，它变得非常激动起来，慌忙急迫，失去了理智，失去了机警和镇定，失去了尊严，我稍为感到有点满意，当然！我可没有当真的为光荣的胜利所陶醉了。

得了，我并不想做一个新的上帝，而且蹲在这儿半天，也累了，用一只纸烟罐子把蜘蛛和苍蝇都捉起来扣在里面，我要抽一根烟了。一根烟抽完，蜘蛛又是一个蜘蛛，苍蝇又是一只苍蝇了：揭开来一看，蜘蛛在吃苍蝇，甚至没有为揭开罐子的声音和由阴暗到明朗骤然的变化所惊动。而且，嗜，它在罐子里都拉了几根丝，结了个略具规模的网了！苍蝇，大概是完了事。在一阵重重的疲倦淹没了所有的苦痛之后，它觉得右前脚有点麻木起来，它一点都不知道它的漂亮的头是扭歪了的，嘴已经对着了它的肩膀。最后还有一点感觉，它的头上背上的发热的伤口来了一丝凉意，舒舒服服的浸遍它的全身，好了，一缕英魂袅袅的升了上去，阿门。

我打开了今天的报纸。

礼拜天早晨

礼拜天早晨

洗澡实在是很舒服的事。是最舒服的事。有甚么享受比它更完满,更丰盛,更精致的?——没有。酒,水果,运动,谈话,打猎,——打猎不知道怎么样,我没有打过猎……没有。没有比"浴"更美的字了,多好啊,这么懒洋洋地躺着,把身体交给了水,又厚又温柔,一朵星云浮在火气里。——我甚么时候来的?我已经躺了多少时候?——今天是礼拜天!我们整天匆匆忙忙的干甚么呢?有甚么了不得的事情非做不可呢?——记住送衣服去洗!再不洗不行了,这是最后一件衬衫。

今天邮局关得早，我得去寄信。现在——表在口袋里，一定还不到八点吧。邮局四点才关。可是时间不知道怎么就过去了。"吃饭的时候"……"洗脸的时候"……从哪里过去了？——不，今天是礼拜天。礼拜天，杨柳，鸽子，教堂的钟声，教堂的钟声一点也不感动我，我很麻木，没有办法！——今天早晨我看见一棵凤仙花。我还是甚么时候看见凤仙花的？凤仙花感动我。早安，凤仙花！澡盆里抽烟总不大方便。烟顶容易沾水，碰一碰就潮了。最严重的失望！把一个人的烟卷浇上水是最残忍的事。很好，我的烟都很好，齐臻臻的排在盒子里，挺直，饱满，有样子，嗒，嗒，嗒，抽出来一枝，——舒服！……水是可怕的，不可抵抗，妖浊，我沉下去，散开来，融化了。阿——现在只有我的头还没有湿透，里头有许多空隙，可是与我的身体不相属，有点畸零，于是很重。我的身体呢？我的身体已经离得我很遥远了，渺茫了，一个渺茫的记忆，害过脑膜炎抽空了脊髓的痴人的，又固执又空洞。一个空壳子，枯索而生硬，没有汁水，只是一个概念了。我睡了，睡着了，垂着头，像马拉，来不及说一句话。

（……马拉的脸像青蛙。）

我的耳朵底子有点痒，阿呀痒，痒得我不由自主地一摇头。水摇在我的身体里顶秘奥的地方。是水，是——一只知了叫起来，在那棵大树上，（槐树，太阳映得叶子一半透明了，）在凤仙花上，在我的耳朵里叫起来。无限的一分钟过去了。今天是礼拜天。可怜虫亦可以休矣。都秋天了。邮局四点关门。我好像很高兴，很有精神，很新鲜。是的，虽然我似乎还不大真实。可是我得从水里走出来了。我走出来，走出来了。我的音乐呢？我的音乐还没有凝结。我不等了。

可是我站在我睡着的身上拧毛巾的时候我完全在另一个世界里了。我不知道今天怎么带上两条毛巾，我把两条毛巾裹在一起拧，毛巾很大。

你有过？……一定有过！我们都是那么大起来的，都曾经拧不动毛巾过。那该是几岁上？你的母亲呢？你母亲留给你一些甚么记忆？祝福你有好母亲。我没有，我很小就没有母亲。可是我觉得别人给我们洗脸举动都很粗暴。也许母亲不同，母亲的温柔不尽且无边。除了为了虚荣心，很少小孩子不怕洗脸的。不是怕洗脸，怕唤起遗忘的惨切经验，推翻了推翻过的对于人生的最初认识。无法推翻的呀，多么可悲的认识。每一个小孩子都是真正的厌世家。只有接受不断的现实之后他们才活得下来。我们打一开头就没有被当作一回事，于是我们只有坚强，而我们知道我们的武器是沉默。一边我们本着我们的人生观，我们恨着，一边尽让粗蠢的，野蛮的，没有教养的手在我们脸上蹂躏，把我们的鼻子搓来搓去，挖我们的鼻孔，掏我们的耳朵，在我们的皮肤上发泄他们一生的积怨，我们的颚骨在磁盆边上不停的敲击，我们的脖子拼命伸出去，伸得酸得像一把咸菜，可是我们不说话。喔，祝福你们有好母亲，我没有，我从来不给给我洗脸的人一毫感激。我高兴我没有装假。是的，我是属于那种又柔弱又倔强的性情的。在胰子水辣着我的眼睛，剧烈的摩擦之后，皮肤紧张而兴奋的时候我有一种英雄式的复仇意识，准备甚么都咽在肚里，于是，末了，总有一天，手巾往脸盆里一掼："你自己洗！"

我不用说那种难堪的羞辱，那种完全被击得粉碎的情形你们一定能够懂得。我当时想甚么？——死。然而我不能死。人家不让我们死，我不哭。也许我做了几个没有意义的举动，动物性的举动，我猜我当时像一个临枪毙前的人。可是从破碎的动作中，从感觉到那种破碎，我渐渐知道我正在恢复；从颤抖中我知道我要稳定，从难堪中我站起来，我重新有我的人格，经过一度熬炼的。

可是我的毛巾在手里，我刚才想的甚么呢；我跑到夹层里头去了，我只是有一点孤独，一点孤独的苦味甜蜜的泛上来，像土里沁出水分。也许因为是秋天。一点乡愁，就像那棵凤仙花。——可是洗一个脸是多么累人的事呀，你只要把洗脸盆搁得跟下巴一样高，就会记起那一个好像已经逝去的阶段了。手巾真大，手指头总是把不牢，使不上劲，挤来挤去，总不对，不是那么回事。这都不要紧。这是一个事实。事实没有要紧的。要紧的是你的不能胜任之感，你的自卑。你觉得你可怜极了。你不喜欢怜悯。——到末了，还是洗了一个半干不湿的脸，永远不痛快，不满足，窝窝囊囊。冷风来一拂，你脸上透进去一层忧愁。现在是九月，草上笼了一层红光了。手巾搭在架子上，一付悲哀的形相。水沿着毛巾边上的须须滴下来，嗒——嗒——嗒——地板上湿了一大块，渐渐地往里头沁，人生多么灰暗。

我看到那个老式的硬木洗脸桌子。形制安排得不大调和。经过这么些时候的折冲，究竟错误在那一方面已经看不出来了，只是看上去未免僵窘。后面伸起来一个屏架，似乎本是配更大一号的桌子的。几根小圆柱子支住繁重的雕饰。松鼠葡萄。我永远忘不了松鼠的太尖的嘴，身上粗略的几笔象征的毛，一个厚重的尾巴。左边的一只。一个代表。每天早晨我都看他一次。葡萄总是十粒一串，排列是四，三，二，一。每粒一样大。我清清楚楚记得那张桌子的木质，那些纹理，只要远远的让我看到不拘那里一角我就知道。有时太阳从镂空的地方透过来，斜落在地板上，被来往的人体截断，在那个白地印蓝花的窗帘拉起来的时候。我记得那个厚磁的肥皂缸，不上釉的牙口摩擦的声音；那些小抽屉上的铜页瓣，时常的的的自己敲出声音，地板有点松了；那个嵌在屏架上头的椭圆形大镜子，除了一块走了水银的灰红色云瘢之外甚么都看不见。太高了，只照见天花板。——有时爬在凳子上，我们从里头看见这间屋子里的某部分的一个特写。我仿佛又在那个坚实，平板，充满了不必要的家具的大房间里了。我在里头住了好些年，一直到我搬到学校的宿舍里去寄宿。……有一张老式的"玻璃灯"挂在天花板上。周围垂下一圈坠子，非常之高贵的颜色。琥珀色的，玫瑰红的，天蓝的。透明的。——透明也是一种颜色。蓝色很深，总是最先看到。所以我有时说及那张灯只说"垂着蓝色的玻璃坠子"，而我不觉得少说了甚么。明澈，——虽然落上不少灰尘了，含蓄，不动。是的，从来没有一个时候现出一点不同的样子。有一天会被移走么？——喔，完全不可想象的事。就是这么永远的寂然的结挂在那个老地方，深藏，固定，在我童年生活过来的朦胧的房屋之中。——从来没有点过。

……我想到那些木格窗子了，想到窗子外的青灰墙，墙上的漏痕，青苔气味，那些未经一点剧烈的伤残，完全天然的销蚀的青灰，露着非常的古厚和不可挽救的衰素之气。我想起下雨之前。想起游丝无力的飘转。想起……可是我一定得穿衣服了。我有点腻。——我喜欢我的这件衬衫。太阳照在我的手上，好干净。今天似乎一切都会不错的样子。礼拜天？我从心里欢呼出来。我不是很快乐么？是的，在我拧手巾的时候我就知道我很快乐。我想到邮局门前的又安静又热闹的空气，非常舒服的空气，生活——而抽一根烟的欲望立刻湮没了我，像潮水湮没了沙滩。我笑了。

疯子

我走着走着。……树，树把我盖覆了四步。——地，地面上的天空在我的头上无穷的高。——又是树。秋天了。紫色的野茉莉，印花布。累累的枣子。三轮车鱼似的一摆尾，沉着得劲的一脚蹬下去，平滑的展出去一条路。……阿，从今以后我经常在这条路上走，算是这条路的一个经常的过客了。是的，这条路跟我有关系，我一定要把它弄得很熟的，秋天了，树叶子就快往下掉了。接着是冬天。我还没有经验北方的雪。我有点累——甚么事？

在这些伫立的脚下路停止住了。路不把我往前带。车水马龙之间，眼前突然划出了没有时间的一段。我的惰性消失了。人都没有动作，本来不同的都朝着一个方向，我看到一个一个背，服从他们前面的眼睛摆成一种姿势。几个散学的孩子。他们向后的身躯中留了一笔往前的趋势。他们的书包还没有完全跟过去，为他们的左脚反射上来的一个力量摆在他们的胯骨上。一把小刀系在练子上从中指垂下来，刚刚停止荡动。一条狗耸着耳朵，站得笔直。

"疯子。"

这一声解出了这一群雕像，各人寻回自己从底板上分离。有了中心反而失去中心了。不过仍旧凝滞，举步的意念在胫踝之间徘徊。秋天了，树叶子不那么富有弹性了。——疯子为甚么可怕呢？这种恐惧是与生俱来的还是只是一种教育？惧怕疯狂与惧怕黑暗，孤独，时间，蛇或者软体动物其原始的程度，强烈的程度有甚么不同？在某一点上是否是相通的？它们是直接又深刻的撼荡人的最初的生命意识么？——他来了！他一步一步的走过来，中等身材，衣履还干净，脸上线条圆软，左眼下有一块颇大的疤。可是不仅是这块疤，他一身有说不出来的一种东西向外头放射，像一块炭，外头看起来没有甚么，里头全着了，炙手可热，势不可当。他来了，他直着眼睛走过来，不理会任何人，手指节骨奇怪的紧张。给他让路！不要触到他的带电的锋芒呀。可是——大家移动了，松散了，而把他们的顾盼投抛过去，——指出另一个方向。有疤的人从我身边挨肩而过，我的低沉的脉跳浮升上来，腹皮上的压力一阵云似的舒散了，这个人一点也不疯，跟你，跟我一样。

疯子在那里呢？人乱了，路恢复了常态，抹去一切，继续前进。一个一个姿势在切断的那一点接上了头。

民国三十七年（一九四八年）九月，午门

冬天的树

冬天的树

冬天的树,伸出细细的枝子,像一阵淡紫色的烟雾。

冬天的树,像一些铜板蚀刻。

冬天的树,简练,清楚。

冬天的树,现出了它的全身。

冬天的树,落尽了所有的叶子,为了不受风的摇撼。

冬天的树,轻轻地,轻轻地呼吸着,树梢隐隐地起伏。

冬天的树在静静地思索。

（这是冬天了，今年真不算冷。空气有点潮湿起来，怕是要下一场小雨了吧。）

冬天的树，已经出了一些比米粒还小的芽苞，裹在黑色的鞘壳里，偷偷地露出一点娇红。

冬天的树，很快就会吐出一朵一朵透明的，嫩绿的新叶，像一朵一朵火焰，飘动在天空中。

很快，就会满树都是繁华的，丰盛的浓密的绿叶，在丽日和风之中，兴高采烈，大声地喧哗。

公共汽车

去年，在公共汽车上，我的孩子问我："小驴子有舅舅吗？"他在路上看到一只小驴子；他自己的舅舅前两天刚从桂林来，开了几天会，又走了。

今年，在公共汽车上，我的孩子告诉我："这是洒水车，这是载重汽车，这是老雕车……我会画大卡车。我们托儿所有个小朋友，他画得棒极了，他什么都会画，他……"

我的孩子跟我说了不止一次了："我长大了开公共汽车！"我想了一想，我没有意见。不过，这一来，每次上公共汽车，我就只好更得顺着他了。从前，一上公共汽车，我总是向后面看看，要是有座位，能坐一会也好嘛。他可不，一上来就往前面钻。钻到前面干什么呢？站在那里看司机叔叔开汽车。起先他问我为什么前面那个表旁边有两个扣子大的小灯，一个红的，一个黄的？为什么亮了——又慢慢地灭了？我以为他发生兴趣的也就是这两个小灯；后来，我发现并不是的，他对那两个小灯已经颇为冷淡了，但还是一样一上车就急忙往前面钻，站在那里看。我知道吸引住他的早就已经不是小红灯小黄灯，是人开汽车。我们曾经因为意见不同而发生过不愉快。有一两次因为我不很了解，没有尊重他的愿望，一上车就抱着他到后面去坐下了，及至发觉，则已经来不及了，前面已经堵得严严的，怎么也挤不过去了。于是他跟我吵了一路。"我说上前面，你定要到后面来！"——"你没有说呀！"——"我说了！我说了！"——他是没有说，不过他在心里是说了。"现在去也不行啦，这么多人！"——"刚才没有人！刚才没有人！"这以后，我就尊重他了，甭想再坐了。但是我"从思想里明确起来"，则还在他宣布了他的志愿以后。从此，一上车，我就立刻往右拐，几乎已经成了本能，简直比他还积极。有时前面人多，我也带着他往前挤："劳驾，劳驾，我们这孩子，唉！要看开汽车，咳……"

开公共汽车，这实在也不坏。

开公共汽车，这是一桩复杂的，艰巨的工作。开公共汽车，这不是开普通的汽车。你知道，北京的公共汽车有多挤。在公共汽车上工作，这是对付人的工作，不是对付机器。

在北京的公共汽车上工作的，开车的，售票的，绝大部分是一些有本事的，精干的人。我看过很多司机，很多售票员。有一些，确乎是不好的。我看过一个面色苍白的，萎弱的售票员，他几乎一早上出车时就打不起精神来。他含含糊糊地，口齿不清地报着站名，吃力地点着钱，划着票；眼睛看也不看，带着淡淡的怨气呻吟着："不下车的往后面走走，下面等车的人很多……"也有的司机，在车子到站，上客下客的时候就休息起来，或者看他手上的表，驾驶台后面的事他满不关心。但是我看过很多精力旺盛的，机敏灵活的，不疲倦的售票员。我看到过一个长着浅浅的兜腮胡子和一对乌黑的大眼睛的角色，他在最挤的一趟车快要到达终点站的时候还是声若洪钟。一付配在最大的演出会上报幕的真正漂亮的嗓子。大声地说了那么多话而能一点不声嘶力竭，气急败坏，这不只是个嗓子的问题。我看到过一个家伙，他每次都能在一定的地方，用一定的速度报告下车之后到什么地方该换乘什么车，他的声音是比较固定的，但是保持着自然的语调高低，咬字准确清楚，没有像有些售票员一样把许多字音吃了，并且因为把两个字音搭起来变成一种特殊的声调，没有变成一种过分职业化的有点油气的说白，没有把这个工作变成一种仅具形式的玩弄——而且，每一次他都是恰好把最后一句话说完，车也就到了站，他就在最后一个字的尾音里拉开了车门，顺势弹跳下车。我看见过一个总是高高兴兴而又精细认真的小伙子。那是夏天，他穿一件背心，已经完全汗湿了而且弄得颇有点污脏了，但是他还是笑嘻嘻的。我看见他很亲切地请一位乘客起来，让一位怀孕的女同志坐，而那位女同志不坐，说她再有两站就下车了。"坐两站也好嘛！"她竟然坚持不坐，于是他只好无可奈何地笑一笑；车上的人也都很同情他的笑，包括那位刚刚站起来的乘客，这个座位终于只是空着，尽管车上并不是不挤。车上的人这时想到的不是自己要不要坐下，而是想的另外一类的事情。有那样的售票员，在看见有孕妇、老人、孩子上车的时候也说一声："劳驾来，给孕妇、抱小孩的让个座吧！"说完了他就不管了。甚至有的说过了还急忙离孕妇老人远一点，躲开抱着孩子的母亲向他看着的眼睛，他怕真给找起座位来麻烦，怕遇到蛮横的乘客惹起争吵，他没有诚心，在困难面前退却了。他不。对于他所提出的给孕妇、老人、孩子让座的请求是不会有人拒绝，不会不乐意的，因为他确是在关心着老人、孕妇和孩子，不只是履行职务，他是要想尽办法使他们安全，使他们比较舒适的，不只是说两句话。他找起座位来总是比较顺利，用不了多少时候，所以耽误不了别的事。这不是很奇怪么？是的，了解一个人的品德并不很难，只要看看他的眼睛。我看见，在车里人比较少一点的时候，在他把票都卖完了的时候，他和一个学生模样的女孩子在闲谈，好像谈她的姨妈怎么怎么的，看起来，这女孩子是他一个邻居。而，当车快到站的时候，他立刻很自然地结束了谈话，扬声报告所到的站名和转乘车辆的路线，打开车门，稳健而灵活地跳下去。我看见，他的背心上印着字：一九五五年北京市公共汽车公司模范售票员；底下还有一个号码，很抱歉，我把它忘了。当时我是记住的，我以为我不会忘，可是我把它忘了。我对记数目字太没有本领了——是二百二十五？是不是？现在是六点一刻，他就要交班了。他到了家，洗一个澡，一定会换一身干干净净的，雪白的衬衫，还会去看一场电影。会的，他很愉快，他不感到十分疲倦。是和谁呢？是刚才车上那个女孩子么？这小伙子有一副招人喜欢的体态：文雅。多么漂亮，多有出息的小伙子！祝你幸福……

我看到过一个司机。就是跟那个苍白的，疲乏的售票员在一辆车上的司机。这是一个沉默寡言的，冷静的人，有四十多岁，一张瘦瘦的黑黑的脸，脸上没有什么表情。这个人，车是开得好的；在路上遇到什么人乱跑或者前面的自行车把不住方向，情况颇为紧急时，从不大惊小怪，不使得一车的人都急忙伸出头来往外看，也不大声呵斥骑车行路的人。这个人，一到站，就站起来，转身向后，偶尔也伸出手来指点一下："那位穿蓝制服的,你要到西单才下车,请你往后走走。拿皮包的那位同志,请你偏过身子来,让这位老太太下车。车下有一个孕妇,坐专座的同志,请你站起来。往后走,往后走,后面还有地方,还可以再往后走。"很奇怪,车上的人就在他的这样的简单的,平淡的话的指挥之下,变得服服帖帖,很有秩序。他从来不呼吁,不请求,不道"劳驾",不说"上下班的时候,人多,大家挤挤!""大礼拜六的,谁不想早点回家呀,挤挤,挤挤,多上一个好一个!""外边下着雨,互相多照顾照顾吧,都上来了最好!""上不来了!后边车就来啦!我不愿意多上几个呀!我愿意都上来才好哩,也得挤得下呀!"他不说这些!这个人身上有一种奇特的东西,那就是:坚定、自信。我看了看车上钉着的"公共汽车司机售票员守则",有一条,是"负责疏导乘客","疏导",这两个字是谁想出来的?这实在很好,这用在他身上是再恰当也没有了。于此可见,语言,是得要从生活里来的。我再看看"公约","公约"的第一条是:"热爱乘客。"我想了想,像他这样,是"热爱"么?我想,是的,是热爱,这样的冷静,坚定,也是热爱,正如同那二百二十五号的小伙子的开朗的笑容是热爱一样……

人,是有各色各样的人的。

……我的孩子长大了要开公共汽车,我没有意见。

一九五六年十二月

国子监

为了写国子监,我到国子监去逛了一趟,不得要领。从首都图书馆抱了几十本书回来,看了几天,看得眼花气闷,而所得不多。后来,我去找了一个"老"朋友聊了两个晚上,倒像是明白了不少事情。我这朋友世代在国子监当差,"侍候"过翁同龢、陆润庠、王垿等祭酒,给新科状元打过"状元及第"的旗,国子监生人,今年七十三岁,姓董。

国子监,就是从前的大学。

这个地方原先是什么样子,没法知道了(也许是一片荒郊)。立为国子监,是在元代迁都大都以后,至元二十四年(一二八八年),距今约已近七百年。

元代的遗迹，已经难于查考。给这段时间作证的，有两棵老树：一棵槐树，一棵柏树。一在彝伦堂前，一在大成殿阶下。据说，这都是元朝的第一任国立大学校长——国子监祭酒许衡手植的。柏树至今仍颇顽健，老干横枝，婆娑弄碧，看样子还能再活个几百年。那棵槐树，约有北方常用二号洗衣绿盆粗细，稀稀疏疏地披着几根细瘦的枝条，干枯僵直，全无一点血气，已经老得不成样子了，很难断定它是否还活着。传说它老早就已经死过一次，死了几十年，有一年不知道怎么又活了。这是乾隆年间的事，这年正赶上是慈宁太后的六十"万寿"，嗬，这是大喜事！于是皇上、大臣赋诗作记，还给老槐树画了像，全都刻在石头上，着实热闹了一通。这些石碑，至今犹在。

国子监是学校，除了一些大树和石碑之外，主要的是一些作为大学校舍的建筑。这些建筑的规模大概是明朝的永乐所创建的（大体依据洪武帝在南京所创立的国子监，而规模似不如原来之大），清朝又改建或修改过。其中修建最多的，是那位站在大清帝国极盛的峰顶，喜武功亦好文事的乾隆。

一进国子监的大门——集贤门，是一个黄色琉璃牌楼。牌楼之里是一座十分庞大华丽的建筑。这就是辟雍。这是国子监最中心、最突出的一个建筑。这就是乾隆所创建的。辟雍者，天子之学也。天子之学，到底该是个什么样子，从汉朝以来就众说纷纭，谁也闹不清楚。照现在看起来，是在平地上开出一个正圆的池子，当中留出一块四方的陆地，上面盖起一座十分宏大的四方的大殿，重檐，有两层廊柱，盖黄色琉璃瓦，安一个巨大的镏金顶子，梁柱檐饰，皆朱漆描金，透刻敷彩，看起来像一顶大花轿子似的。辟雍殿四面开门，可以洞启。池上围以白石栏杆，四面有石桥通达。这样的格局是有许多讲究的，这里不必说它。辟雍，是乾隆以前的皇帝就想到要建筑的，但都因为没有水而作罢了（据说天子之学必得有水）。到了乾隆，气魄果然要大些，认为"北京为天下都会，教化所先也，大典缺如，非所以崇儒重道，古与稽而今与居也"（《御制国学新建辟雍园水工成碑记》）。没有水，那有什么关系！下令打了四口井，从井里把水汲上来，从暗道里注入，通过四个龙头（螭首），喷到白石砌就的水池里，于是石池中涵空照影，泛着潋滟的波光了。二、八月里，祀孔释奠之后，乾隆来了。前面钟楼里撞钟，鼓楼里擂鼓，殿前四个大香炉里烧着檀香，他走入讲台，坐上宝座，讲《大学》或《孝经》一章，叫王公大臣和国子监的学生跪在石池的桥边听着，这个盛典，叫作"临雍"。

这"临雍"的盛典，道光、嘉庆年间，似乎还举行过，到了光绪，据我那朋友老董说，就根本没有这档子事了。大殿里一年难得打扫两回，月牙河（老董管辟雍殿四边的池子叫作四个"月牙河"）里整年是干的，只有在夏天大雨之后，各处的雨水一齐奔到这里面来。这水是死水，那光景是不难想象的。

然而辟雍殿确实是个美丽的、独特的建筑。北京有名的建筑，除了天安门、天坛祈年殿那个蓝色的圆顶、九梁十八柱的故宫角楼，应该数到这顶四方的大花轿。

辟雍之后，正面一间大厅，是彝伦堂，是校长——祭酒和教务长——司业办公的地方。此外有"四厅六堂"，敬一亭，东厢西厢。四厅是教职员办公室。六堂本来应该是教室，但清朝另于国子监斜对门盖了一些房子作为学生住宿进修之所，叫作"南学"（北方戏文动辄说"到南学去攻书"，指的即是这个地方），六堂作为考场时似更多些。学生的月考、季考在此举行，每科的乡会试也要先在这里考一天，然后才能到贡院下场。

六堂之中原来排列着一套世界上最重的书，这书一页有三四尺宽，七八尺长，一尺许厚，重不知几千斤。这是一套石刻的十三经，是一个老书生蒋衡一手写出来的。据老董说，这是他默出来的！他把这套书献给皇帝，皇帝接受了，刻在国子监中，作为重要的装点。这皇帝，就是高宗纯皇帝乾隆陛下。

国子监碑刻甚多，数量最多的，便是蒋衡所写的经。著名的，旧称有赵松雪临写的"黄庭""乐毅""兰亭定武本"；颜鲁公"争座位"，这几块碑不晓得现在还在不在，我这回未暇查考。不过我觉得最有意思、最值得一看的，是明太祖训示太学生的一通敕谕：

> 恁学生每听着：先前那宋讷做祭酒呵，学规好生严肃，秀才每循规蹈矩，都肯向学，所以教出来的个个中用，朝廷好生得人。后来他善终了，以礼送他回乡安葬，沿路上著有司官祭他。
>
> 近年著那老秀才每做祭酒呵，他每都怀着异心，不肯教诲，把宋讷的学规都改坏了，所以生徒全不务学，用著他呵，好生坏事。
>
> 如今著那年纪小的秀才官人每来署学事，他定的学规，恁每当依著行。敢有抗拒不服，撒泼皮，违犯学规的，若祭酒来奏著恁呵，都不饶！全家发向烟瘴地面去，或充军，或充吏，或做首领官。
>
> 今后学规严紧，若有无籍之徒，敢有似前贴没头帖子，诽谤师长的，许诸人出首，或绑

缚将来，赏大银两个。若先前贴了票子，有知道的，或出首，或绑缚将来呵，也一般赏他大银两个。将那犯人凌迟了，枭令在监前，全家抄没，人口发往烟瘴地面。钦此！

这里面有一个血淋淋的故事：明太祖为了要"人才"，对于办学校非常热心。他的办学的政策只有一个字：严。他所委任的第一任国子监祭酒宋讷，就秉承他的意旨，订出许多规条。待学生非常的残酷，学生曾有饿死吊死的。学生受不了这样的迫害和饥饿，曾经闹过两次学潮。第二次学潮起事的是学生赵麟，出了一张壁报（没头帖子）。太祖闻之，龙颜大怒，把赵麟杀了，并在国子监立一长竿，把他的脑袋挂在上面示众（照明太祖的语言，是"枭令"）。隔了十年，他还忘不了这件事，有一天又召集全体教职员和学生训话。碑上所刻，就是训话的原文。

这些本来是发生在南京国子监的事，怎么北京的国子监也有这么一块碑呢？想必是永乐皇帝觉得他老大人的这通话训得十分精彩，应该垂之久远，所以特在北京又刻了一个复本。是的，这值得一看。他的这篇白话训词比历朝皇帝的"崇儒重道"之类的话都要真实得多，有力得多。

这块碑在国子监仪门外侧右手，很容易找到。碑分上下两截，下截是对工役膳夫的规矩，那更不得了："打五十竹篦"！"处斩"！"割了脚筋"……

历代皇帝虽然都似乎颇为重视国子监，不断地订立了许多学规，但不知道为什么，国子监出的人才并不是那样的多。

《戴斗夜谈》一书中说，北京人已把国子监打入"十可笑"之列：

> 京师相传有十可笑：光禄寺茶汤，太医院药方，神乐观祈禳，武库司刀枪，营缮司作场，养济院衣粮，教坊司婆娘，都察院宪纲，国子监学堂，翰林院文章。

国子监的课业历来似颇为稀松。学生主要的功课是读书、写字、作文。国子监学生——监生的肄业、待遇情况各时期都有变革。到清朝末年，据老董说，是每隔六日作一次文，每一年转堂（升级）一次，六年毕业，学生每月领助学金（膏火）八两。学生毕业之后，大都分发作为县级干部，或为县长（知县）、副县长（县丞），或为教育科长（训导）。另外还有一种特殊的用途，是调到中央去写字（清朝有一个时期光禄寺的面袋都是国子监学生的仿纸做的）。从明朝起就有调国子监善书学生去抄录"实录"的例。明朝的一部大丛书《永乐大典》，清朝的一部更大的丛书《四库全书》的底稿，那里面的端正严谨（也毫无个性）的馆阁体楷书，有些就是出自国子监高材生的手笔。这种工作，叫作"在誊桌上行走"。

  国子监监生的身份不十分为人所看重。从明景泰帝开生员纳粟纳马入监之例以后，国子监的门槛就低了。尔后捐监之风大开，监生就更不值钱了。

  国子监是个清高的学府，国子监祭酒是个清贵的官员——京官中，四品而掌印的，只有这么一个。作祭酒的，生活实在颇为清闲，每月只逢六逢一上班，去了之后，当差的在门口喝一声短道，沏上一碗盖碗茶，他到彝伦堂上坐了一阵，给学生出出题目，看看卷子；初一、十五带着学生上大成殿磕头，此外简直没有什么事情。清朝时他们还有两桩特殊任务：一是每年十月初一，率领属官到午门去领来年的黄历；一是遇到日蚀、月蚀，穿了素服到礼部和太常寺去"救护"，但领黄历一年只一次，日蚀、月蚀，更是难得碰到的事。戴璐《藤阴杂记》说此官"清简恬静"，这几个字是下得很恰当的。

但是，一般做官的似乎都对这个差事不大发生兴趣。朝廷似乎也知道这种心理，所以，除了特殊例外，祭酒不上三年就会迁调。这是为什么？因为这个差事没有油水。

查清朝的旧例，祭酒每月的俸银是一百零五两，一年一千二百六十两，外加办公费每月三两，一年三十六两，加在一起，实在不算多。国子监一没人打官司告状，二没有盐税河工可以承揽，没有什么外快。但是毕竟能够养住上上下下的堂官皂役的，赖有相当稳定的银子，这就是每年捐监的手续费。

据朋友老董说，纳监的监生除了要向吏部交一笔钱，领取一张"护照"外，还需向国子监交钱领"监照"——就是大学毕业证书。照例一张监照，交银一两七钱。国子监旧例，积银二百八十两，算一个"字"，按"千字文"数，有一个字算一个字，平均每年约收入五百字上下。我算了算，每年国子监收入的监照银约有十四万两，即每年有八十二三万不经过入学和考试只花钱向国家买证书而取得大学毕业资格——监生的人。原来这是一种比乌鸦还要多的东西！这十四万两银子照国家的规定是不上缴的，由国子监官吏皂役按份摊分，祭酒每一字分十两，那么一年约可收入五千银子，比他的正薪要多得多。其余司业以下各有差。据老董说，连他一个"字"也分五钱八分，一年也从这一项上收入二百八九十两银子！

老董说，国子监还有许多定例。比如，像他，是典籍厅的刷印匠，管给学生"做卷"——印制作文用的红格本子，这事包给了他，每月例领十三两银子。他父亲在时还会这宗手艺，到他时则根本没有学过，只是到大栅栏口买一刀毛边纸，拿到琉璃厂找铺子去印，成本共花三两，剩下十两，是他的。所以，老董说，那年头，手里的钱花不清——烩鸭条才一吊四百钱一卖！至于那几位"堂皂"，就更不得了了！单是每科给应考的举子包"枪手"（这事值得专写一文），就是一笔大财。那时候，当差的都兴喝黄酒，街头巷尾都是黄酒馆，跟茶馆似的，就是专为当差的预备着的。所以，像国子监的差事也都是世袭。这是一宗产业，可以卖，也可以顶出去！

老董的记性极好，我的复述倘无错误，这实在是一宗未见载录的珍贵史料。我所以不惮其烦地缕写出来，用意是在告诉比我更年轻的人，封建时代的经济、财政、人事制度，是一个多么古怪的东西！

国子监的隔壁，是孔庙——先师庙，这叫作

"左庙右学"，是历来的制度。其实这不能说是隔壁，因为当中是通着的。

孔庙主要的建筑是大成殿。大成殿里供着一些牌位，最大的一个是"至圣先师"，另外还有"四配"——颜（回）、曾（参）、（子）思、孟（轲），殿下的两庑则供着七十二贤和经过皇上批准的历代的儒臣。

大成殿经常是空闲着的，除了初一十五祭酒率领员生来跪拜一趟之外，一年只春秋大祭热闹两回。老董说：到时候（二八月第一个逢丁的日子的前一日），太常寺发来三十头牛，三十二口猪，一对鹿，四个小兔子，点验之后，洗剥了，先入库——旧例，由大兴县供应几十担冰，把汤猪汤牛全都冰在库房里，到了夜里十二点，喝令一声"上牲"！这就供起来。孔夫子面前有一头整牛，一口整猪，都放在一个大木槽子里。七十二贤面前则是几个碟子，供点子牛肉片、猪肉片、鹿肉兔肉片，还有点子芹菜、榛子……到了后半夜，都上齐了，皇上照例要派一个人来检查一下，叫作"视笾豆"。

他这一走，庙里的庙户（看孔庙的工役叫庙户）马上就拿刀，整块的拉牛肉，整块的拉猪油。到了第二天清早，皇上来祭祀了，那整猪、整牛就剩下一张空皮了，当中弄点子筷子什么的支着。皇上来了，奏乐，磕头！他哪儿会瞧得出来，猪啦牛啦的都是个空架子啊！

听说当贤人圣人，常常得吃冷猪肉。若照老董说起来，原来冷猪肉也是吃不着的，只有猪肉皮可以啃！从前不管多么庄重隆重的礼节，背后原来都是一塌糊涂。

关于孔庙，我知道的，只这些。

国子监，现在已经作为首都图书馆的馆址了。首都图书馆的老底子是头发胡同的北京市图书馆，即原先的通俗图书馆——由于鲁迅先生的倡议而成立，鲁迅先生曾经襄赞其事，并捐赠过书籍的图书馆；前曾移到天坛，因为天坛地点逼仄，又挪到这里了。首都图书馆藏书除原头发胡同的和建国后新买的以外，主要为原来孔德学校和法文图书馆的藏书。就中最具特色，在国内搜藏较富的，是鼓词俗曲。

辟雍，那个华丽宏伟的大花轿，据图书馆馆长刘德元同志告诉我，将作为群众活动的场所，四边的台阶石桥上准备卖茶。月牙河内要放上水，水里置盆栽荷花，养金鱼，安水泵，使成活水。现在是冬天，但是我完全同意刘馆长的话，这在夏天是个十分清凉舒适的地方。茶馆如果开了，我一定来坐上半天，一边把我看过的几十本关于国子监的书和老董的话再温习一次，一边看看在槐树柏树之下来往行走的我的同一代的人。我要想想历史，想想我的亲爱的国家。

马 莲

> 你唱你的三,
> 我对你的三,
> 马莲开花在路边……
>
> ——儿歌

你看见过马莲吗?

马莲是一种很动人的植物。马莲的叶子可以穿鱼,揭开鱼的鳃,穿过去,打一个疙瘩,拎着——这会断吗?不会!马莲的根可以做刷子,洗衣服用的刷子,炊帚、擦痰桶、擦抽水马桶用的……这样洁净的、坚韧的、美丽的根!

我真想看看马莲,看看它在浅水的旁边,在微风里,一丛一丛的,轻轻地摇动着,摇动着细长的叶子。

我没有看见过马莲。

果园杂记

涂　白

一个孩子问我：干吗把树涂白了？

我从前也非常反对把树涂白了，以为很难看。

后来我到果园干了两年活，知道这是为了保护树木过冬。

把牛油、石灰在一个大铁锅里熬得稠稠的，这就是涂白剂。我们拿了棕刷，担了一桶一桶的涂白剂，给果树涂白。要涂得仔细，特别是树皮有伤损的地方、坑坑洼洼的地方，要涂到，而且要涂得厚厚的，免得来年存留雨水，窝藏虫蚁。

涂白都是在冬日的晴天。男的、女的，穿了各种颜色的棉衣，在脱尽了树叶的果林里劳动着。大家的心情都很开朗，很高兴。

涂白是果园一年最后的农活了。涂完白，我们就很少到果园里来了。这以后，雪就落下来了。果园一冬天埋在雪里。

从此，我就不反对涂白了。

粉　蝶

我曾经做梦一样在一片盛开的茼蒿花上看见成千上万的粉蝶——在我童年的时候。那么多的粉蝶，在深绿的蒿叶和金黄的花瓣上乱纷纷地飞着，看得我想叫，想把这些粉蝶放在嘴里嚼，我醉了。

后来我知道这是一场灾难。

我知道粉蝶是菜青虫变的。

菜青虫吃我们的圆白菜。那么多的菜青虫！而且它们的胃口那么好，食量那么大。它们贪婪地、迫不及待地、不停地吃，吃得菜地里沙沙地响。一上午的工夫，一地的圆白菜就叫它们咬得全是窟窿。我们用DDT喷它们，使劲地喷它们。DDT的激流猛烈地射在菜青虫身上，它们滚了几滚，僵直了，扑的一声掉在了地上，我们的心里痛快极了。我们是很残忍的，充满了杀机。

但是粉蝶还是挺好看的。在散步的时候，草丛里飞着两个粉蝶，我现在还时常要停下来看它们半天。我也不反对国画家用它们来点缀画面。

波尔多液

喷了一夏天的波尔多液，我的所有的衬衫都变成浅蓝色的了。

硫酸铜、石灰，加一定比例的水，这就是波尔多液。波尔多液是很好看的，呈天蓝色。过去有一种浅蓝的阴丹士林布，就是那种颜色。这是一个果园的看家的农药，一年不知道要喷多少次。不喷波尔多液，就不成其为果园。波尔多液防病，能保证水果的丰收。果农都知道，喷波尔多液虽然费钱，却是划得来的。

这是个细致的活。把喷头绑在竹竿上，把药水压上去，喷在梨树叶子上、苹果树叶子上、葡萄叶子上。要喷得很均匀，不多，也不少。喷多了，药水的水珠糊成一片，挂不住，流了；喷少了，不管用。树叶的正面、反面都要喷到。这活不重，但是干完了，眼睛、脖颈，都是酸的。

我是个喷波尔多液的能手。大家叫我总结经验。我说：一、我干不了重活，这活我能胜任；二、我觉得这活有诗意。

为什么叫个"波尔多液"呢？——中国的老果农说这个外国名字已经说得很顺口了。这有个故事。

波尔多是法国的一个小城，出马铃薯。有一年，法国的马铃薯都得了晚疫病——晚疫病很厉害，得了病的薯地像火烧过一样，只有波尔多的马铃薯却安然无恙。大伙捉摸，这是什么道理呢？原来波尔多城外有一个铜矿，有一条小河从矿里流出来，河床是石灰石的。这水蓝蓝的，是不能吃的，农民用它来浇地。莫非就是这条河，使波尔多的马铃薯不得疫病？

于是世界上就有了波尔多液。

中国的老农现在说这个法国名字也说得很顺口了。

去年，有一个朋友到法国去，我问他到过什么地方，他很得意地说：波尔多！

我也到过波尔多，在中国。

关于葡萄

葡萄和爬山虎

一个学农业的同志告诉我：谷子是从狗尾巴草变来的，葡萄是从爬山虎变来的。我听了，觉得很有意思。谷子和狗尾巴草，葡萄和爬山虎，长得是很像。

另一个学农业的同志说：这没有科学根据，这是想象。

就算是想象吧，我还是觉得这想象得很有意思。我觉得不是没有这种可能。世界上的东西，总是由别的什么东西变来的。我们现在有了这么多品种的葡萄，有玫瑰香、马奶、金铃、秋紫、黑罕、白拿破仑、巴勒斯坦、虎眼、牛心、大粒白、柔丁香、白香蕉……颜色、形状、果粒大小、酸甜、香味，各不相同。它们是从来就有的么？不会的。最初一定只有一种果粒只有胡椒那样大，颜色半青半紫，味道酸涩的那么一种东西。是什么东西呢？大概就是爬山虎。

从狗尾巴草到谷子，从爬山虎到葡萄，是一个很漫长的过程。这种变化，是在人的参与之下完成的。人说：要大穗，要香甜多汁，于是谷子和葡萄就成了现在这样。

葡萄是人创造出来的。

葡萄的来历

至少玫瑰香不是张骞从西域带回来的。玫瑰香的家谱是可以查考的。它的故乡，是英国。

中国的葡萄是什么时候有的，从哪里来的，自来有不同的说法。

最流行的说法是：张骞从西域带回来的，在汉武帝的时候，即公元前一三〇年左右。《图经》："张骞使西域，得其种而还，种之，中国始有。"《齐民要术》："汉武帝使张骞至大宛，取葡萄实，于离宫别馆旁尽种之。"人们很愿意相信这种说法，因为可以发思古之幽情。"空见葡萄入汉家"，让人感到历史的寥廓。说张骞带回葡萄，是有根据的。现在还大量存在的夸耀汉朝的国力和武功的"葡萄海马镜"，可以证明。新疆不是现在还出很好的葡萄么？

但是是不是张骞之前，中国就没有葡萄？有人是怀疑过的。魏文帝曹丕《与吴监书》，是专谈葡萄的，他只说："中国珍果甚多，且复为说葡萄"。安邑是个出葡萄的地方。《安邑县志》载："《蒙泉杂言》《酉阳杂俎》与《六帖》皆载：葡萄由张骞自大宛移植汉宫。按《本草》已具神农九种，当涂熄火，去骞未远；而魏文之诏，实称中国名果，不言西来。是唐以前无此论。"（《植物名实图考长编》引）《安邑县志》的作者以为中国本来就有。他还以为中国本土的葡萄和张骞带回来的葡萄"别是一种"。

魏晋时葡萄还不多见,所以曹丕才专门写了一篇文章;庾信和尉瑾才对它"体"了半天"物",一个说"有类软枣",一个说"似生荔枝"。唐宋以后,就比较普遍,不是那样珍贵难得了。宋朝有一个和尚画家温日观就专门画葡萄。

张骞带回的葡萄是什么品种的呢?从"葡萄海马镜"上看不出。从拓片上看,只是黑的一串,果粒是圆的。

魏文帝吃的是什么葡萄?不知道。他只说是这种葡萄很好吃:"当其夏末涉秋,尚有余暑、醉酒宿醒,掩露而食,甘而不饴,脆而不酸,冷而不寒,味长汁多,除烦解倦。"没有说是什么颜色,什么形状,——他吃的葡萄是"脆"的,这是什么葡萄?……

温日观所画的葡萄,我所见到的都是淡墨的,没有著色。从墨色看,是深紫的。果粒都作正圆,有点像是秋紫或是金铃。

反正,张骞带回来的,曹丕吃的,温日观画的,都不是玫瑰香。

中国现在的葡萄以玫瑰香为大宗。以玫瑰香为其大宗的现在的中国葡萄是从山东传开来的。其时最早不超过明代。

山东的葡萄是外国的传教士带进来的。

他们最先带来的是葡萄酒——这种葡萄酒是洋酒，和"葡萄美酒夜光杯"的葡萄酒是两码事。这是传教必不可少的东西。在做礼拜领圣餐的时候，都要让信徒们喝一口葡萄酒，这是耶稣的血。传教士们漂洋过海地到中国来，船上总要带着一桶一桶的葡萄酒。

从本国带酒来很不方便，于是有的教士就想起带了葡萄苗来，到中国来种。收了葡萄，就地酿酒。

他们把葡萄种在教堂墙内的花园里。

中国的农民留神看他们种葡萄。哦，是这样的！这个农民撅了几根葡萄藤，插在土里。葡萄出芽了，长大了，结了很多葡萄。

这就传开了。

现在，中国到处都是玫瑰香。

这故事是一个种葡萄的果农告诉我的。他说：中国的农民是很能干的。什么事都瞒不过中国人。中国人一看就会。

葡萄月令

一月，下大雪。

雪静静地下着。果园一片白。听不到一点声音。

葡萄睡在铺着白雪的窖里。

二月里刮春风。

立春后，要刮四十八天"摆条风"。风摆动树的枝条，树醒了，忙忙地把汁液送到全身。树枝软了。树绿了。

雪化了，土地是黑的。

黑色的土地里，长出了茵陈蒿。碧绿。

葡萄出窖。

把葡萄窖一锹一锹挖开。挖下的土，堆在四

面。葡萄藤露出来了,乌黑的。有的梢头已经绽开了芽苞,吐出指甲大的苍白的小叶。它已经等不及了。

把葡萄藤拉出来,放在松松的湿土上。

不大一会,小叶就变了颜色,叶边发红。又不大一会,绿了。

三月,葡萄上架。

先得备料。把立柱、横梁、小棍,槐木的、柳木的、杨木的、桦木的,按照树棵大小,分别堆放在旁边。立柱有汤碗口粗的、饭碗口粗的、茶杯口粗的。一棵大葡萄得用八根、十根,乃至十二根立柱。中等的,六根、四根。

先刨坑,竖柱。然后搭横梁,用粗铁丝摽紧。然后搭小棍,用细铁丝缚住。

然后,请葡萄上架。把在土里趴了一冬的老藤扛起来,得费一点劲。大的,得四五个人一起来。"起!——起!"哎,它起来了。把它放在葡萄架上,把枝条向三面伸开,像五个指头一样的伸开,扇面似的伸开。然后，用麻筋在小棍上固定住。葡萄藤舒舒展展，凉凉快快地在上面待着。

上了架，就施肥。在葡萄根的后面，距主干一尺，挖一道半月形的沟，把大粪倒在里面。葡萄上大粪，不用稀释，就这样把原汁大粪倒下去。大棵的，得三四桶。小葡萄，一桶也就够了。

四月，浇水。

挖窖挖出的土，堆在四面，筑成垄，就成一个池子。池里放满了水。葡萄园里水气泱泱，沁人心肺。

葡萄喝起水来是惊人的。它真是在喝！葡萄藤的组织跟别的果树不一样，它里面是一根一根细小的导管。这一点，中国的古人早就发现了。《图经》云："根苗中空相通。圃人将货之，欲得厚利，暮溉其根，而晨朝水浸子中矣，故俗呼其苗为木通。""暮溉其根，而晨朝水浸子中矣"，是不对的。葡萄成熟了，就不能再浇水了。再浇，果粒就会涨破。"中空相通"却是很准确的。浇了水，不大一会，它就从根直吸到梢，简直是小孩嘬奶似的拼命往上嘬。浇过了水，你再回来看看吧：梢头切断过的破口，就嗒嗒地往下滴水了。

是一种什么力量使葡萄拼命地往上吸水呢？

施了肥，浇了水，葡萄就使劲抽条、长叶子。真快！原来是几根根枯藤，几天功夫，就变成青枝绿叶的一大片。

五月，浇水，喷药，打梢，掐须。

葡萄一年不知道要喝多少水，别的果树都不这样。别的果树都是刨一个"树碗"，往里浇几担水就得了，没有像它这样的："漫灌"，整池子的喝。

喷波尔多液。从抽条长叶，一直到坐果成熟，不知道要喷多少次。喷了波尔多液，太阳一晒，葡萄叶子就都变成蓝的了。

葡萄抽条，丝毫不知节制，它简直是瞎长！几天功夫，就抽出好长的一节的新条。这样长法还行呀，还结不结果呀？因此，过几天就得给它打一次条。葡萄打条，也用不着什么技巧，是个人就能干,拿起树剪,劈劈啪啪,把新抽出来的一截都给它铰了就得了。一铰,一地的长着新叶的条。

葡萄的卷须,在它还是野生的时候是有用的,好攀附在别的什么树木上。现在,已经有人给它好好地固定在架上了,就一点用也没有了。卷须这东西最耗养分——凡是作物,都是优先把养分输送到顶端,因此,长出来就给它掐了,长出来就给它掐了。

葡萄的卷须有一点淡淡的甜味。这东西如果腌成咸菜,大概不难吃。

五月中下旬,果树开花了。果园,美极了。梨树开花了,苹果树开花了,葡萄也开花了。

都说梨花像雪,其实苹果花才像雪。雪是厚重的,不是透明的。梨花像什么呢?——梨花的瓣子是月亮做的。

有人说葡萄不开花,哪能呢?只是葡萄花很小,颜色淡黄微绿,不钻进葡萄架是看不出的。而且它开花期很短。很快,就结出了绿豆大的葡萄粒。

六月，浇水、喷药、打条、掐须。

葡萄粒长了一点了，一颗一颗，像绿玻璃料做的纽子。硬的。

葡萄不招虫。葡萄会生病，所以要经常喷波尔多液。但是它不像桃，桃有桃食心虫；梨，梨有梨食心虫。葡萄不用疏虫果——果园每年疏虫果是要费很多工的。虫果没有用，黑黑的一个半干的球，可是它耗养分呀！所以，要把它"疏"掉。

七月，葡萄"膨大"了。

掐须、打条、喷药，大大地浇一水。

追一次肥。追硫铵。在原来施粪肥的沟里撒上硫铵。然后，就把沟填平了，把硫铵封在里面。

汉朝是不会追这次肥的。汉朝没有硫铵。

八月，葡萄"着色"。

你别以为我这里是把画家的术语借用来了。不是的。这是果农的语言，他们就叫"着色"。

下过大雨，你来看看葡萄园吧，那叫好看！白的像白玛瑙，红的像红宝石，紫的像紫水晶，黑的像黑玉。一串一串，饱满、磁棒、挺括，璀璨琳琅。你就把《说文解字》里的玉字偏旁的字都搬了来吧，那也不够用呀！

可是你得快来！明天，对不起，你全看不到了。我们要喷波尔多液了。一喷波尔多液，它们的晶莹鲜艳全都没有了，它们蒙上一层蓝兮兮、白糊糊的东西，成了磨砂玻璃。我们不得不这样干。葡萄是吃的，不是看的。我们得保护它。

过不两天，就下葡萄了。

一串一串剪下来，把病果、瘪果去掉，妥妥地放在果筐里。果筐满了，盖上盖，要一个棒小伙子跳上去蹦两下、用麻筋缝的筐盖——新下的果子，不怕压，它很结实，压不坏。倒怕是装不紧，逛里逛当的。那，来回一晃悠，全得烂！

葡萄装上车，走了。

去吧，葡萄，让人们吃去吧！

九月的果园像一个生过孩子的少妇，宁静、幸福，而慵懒。

我们还给葡萄喷一次波尔多液。哦，下了果子，就不管了？人，总不能这样无情无义吧。

十月，我们有别的农活。我们要去割稻子。葡萄，你愿意怎么长，就怎么长着吧。

十一月。葡萄下架。

把葡萄架拆下来。检查一下，还能再用的，搁在一边。糟朽了的，只好烧火。立柱、横梁、小棍，分别堆垛起来。

剪葡萄条。干脆得很，除了老条，一概剪光。葡萄又成了一个大秃子。

剪下的葡萄条，挑有三个芽眼的，剪成二尺多长的一截，捆起来，放在屋里，准备明春插条。

其余的，连枝带叶，都用竹笤帚扫成一堆，装走了。

葡萄园光秃秃。

十一月下旬，十二月上旬，葡萄入窖。

这是个重活。把老本放倒，挖土把它埋起来。要埋得很厚实。外面要用铁锹拍平。这个活不能马虎。都要经过验收，才给记工。

葡萄窖，一个一个长方形的土墩墩。一行一行，整整齐齐的排列着。风一吹，土色发了白。

这真是一年的冬景了。热热闹闹的果园，现在什么颜色都没有了。眼界空阔，一览无余，只剩下发白的黄土。

下雪了。我们踏着碎玻璃碴似的雪，检查葡萄窖，扛着铁锹。

一冬天，要检查几次。不是怕别的。怕老鼠打了洞。葡萄窖里很暖和，老鼠爱往这里面钻。它倒是暖和了，咱们的葡萄可就受了冷啦！

葵·薤

小时读汉乐府《十五从军征》,非常感动。

  十五从军征,八十始得归。道逢乡里人,"家中有阿谁?""遥望是君家,松柏冢累累。"兔从狗窦入,雉从梁上飞,中庭生旅谷,井上生旅葵。舂谷持作饭,采葵持作羹,羹饭一时熟,不知贻阿谁。出门东向望,泪落沾我衣。

诗写得平淡而真实,没有一句迸出呼天抢地的激情,但是惨切沉痛,触目惊心。词句也明白如话,不事雕饰,真不像是两千多年前的人写出的作品,一个十来岁的孩子也完全能读懂。我未从过军,接触这首诗的时候,也还没有经过长久的乱离，但是不止一次为这首诗流了泪。

然而有一句我不明白，"采葵持作羹"。葵如何可以为羹呢？我的家乡人只知道向日葵，我们那里叫作"葵花"。这东西怎么能做羹呢？用它的叶子？向日葵的叶子我是很熟悉的，很大，叶面很粗，有毛，即使是把它切碎了，加了油盐，煮熟之后也还是很难下咽的。另外有一种秋葵，开淡黄色薄瓣的大花，叶如鸡脚，又名鸡爪葵。这东西也似不能做羹。还有一种蜀葵，又名锦葵，内蒙、山西一带叫作"蜀蓟"。我们那里叫作端午花，因为在端午节前后盛开。我从来也没听说过端午花能吃——包括它的叶、茎和花。后来我在济南的山东博物馆的庭院里看到一种戎葵，样子有点像秋葵，开着耀眼的朱红的大花，红得简直吓人一跳。我想，这种葵大概也不能吃。那么，持以作羹的葵究竟是一种什么东西呢？

后来我读到吴其濬的《植物名实图考长编》和《植物名实图考》。吴其濬是个很值得叫人佩服的读书人。他是嘉庆进士，自翰林院修撰官至湖南等省巡抚。但他并没有只是做官，他留意各地物产丰瘠与民生的关系，依据耳闻目见，辑录古籍中有关植物的文献，写成了《长编》和《图考》这样两部巨著。他的著作是我国十九世纪植物学极重要的专著。直到现在，西方的植物学家还认为他绘的画十分精确。吴其濬在《图考》中把葵列为蔬菜的第一品。他用很激动的语气，几乎是大声疾呼，说葵就是冬苋菜。

然而冬苋菜又是什么呢？我到了四川、江西、湖南等省，才见到。我有一回住在武昌的招待所里，几乎餐餐都有一碗绿色的叶菜做的汤。这种菜吃到嘴是滑的，有点像莼菜。但我知道这不是莼菜，因为我知道湖北不出莼菜，而且样子也不像。我问服务员："这是什么菜？""冬苋菜！"第二天我过到一个巷子，看到有一个年轻的妇女在井边洗菜。这种菜我没有见过。叶片圆如猪耳，颜色正绿，叶梗也是绿的。我走过去问她洗的这是什么菜，"冬苋菜！"我这才明白：这就是冬苋菜，这就是葵！那么，这种菜作羹正合适——即使是旅生的。从此，我才算把《十五从军征》真正读懂了。

吴其濬为什么那样激动呢？因为在他成书的时候，已经几乎没有人知道葵是什么了。

蔬菜的命运，也和世间一切事物一样，有其兴盛和衰微，提起来也可叫人生一点感慨。葵本来是中国的主要蔬菜。《诗·豳风·七月》："七月烹葵及菽"，可见其普遍。后魏《齐民要术》以《种葵》列为蔬菜第一篇。"采葵莫伤根""松下清斋折露葵"，时时见于篇咏。元代王祯的《农书》还称葵为"百菜之主"。不知怎么一来，它就变得不行了。明代的《本草纲目》中已经将它列入草类，压根儿不承认它是菜了！葵的遭遇真够惨的！到底是什么原因呢？我想是因为后来全国普遍种植了大白菜。大白菜取代了葵。齐白石题画中曾提出"牡丹为花之王，荔枝为果之王，独不论白菜为菜中之王，何也？"其实大白菜实际上已经成了"菜之王"了。

幸亏南方几省还有冬苋菜，否则吴其濬就死无对证，好像葵已经绝了种似的。吴其濬是河南固始人，他的家乡大概早已经没有葵了，都种了白菜了。他要是不到湖南当巡抚,大概也弄不清葵是啥。吴其濬那样激动,是为葵鸣不平。其意若曰:葵本是菜中之王,是很好的东西;它并没有绝种!它就是冬苋菜!您到南方来尝尝这种菜,就知道了!

北方似乎见不到葵了。不过近几年北京忽然卖起一种过去没见过的菜:木耳菜。你可以买一把来,做个汤,尝尝。就是那样的味道,滑的。木耳菜本名落葵,是葵之一种,只是葵叶为绿色,而木耳菜则带紫色,且叶较尖而小。

由葵我又想到薤。

我到内蒙去调查抗日战争时期游击队的材料,准备写一个戏。看了好多份资料,都提到部队当时很苦,时常没有粮食吃,吃"荄荄",下面多于括号中注明"音'害害'"我想:"荄荄"是什么东西?再说"荄"读 gāi,也不读"害"呀!后来在草原上有人给我找了一棵实物,我一看,明白了:这是薤。薤音 xiè。内蒙、山西人每把声母为 X 的字读成 H 母,又好用叠字,所以把"薤"念成了

"害害"。

薤叶极细。我捏着一棵薤,不禁想到汉代的挽歌《薤露》,"薤上露,何易晞,露晞明朝还复落,人死一去何时归?"不说葱上露、韭上露,是很有道理的。薤叶上实在挂不住多少露水,太易"晞"掉了。用此来比喻人命的短促,非常贴切。同时我又想到汉代的人一定是常常食薤的,故尔能近取譬。

北方人现在极少食薤了。南方人还是常吃的。湖南、湖北、江西、云南、四川都有。这几省都把这东西的鳞茎叫作"藠头"。"藠"音"叫"。南方的年轻人现在也有很多不认识这个藠字的。我在韶山参观,看到说明材料中提到当时用的一种土造的手榴弹,叫作"洋藠古",一个讲解员就老实不客气地读成"洋晶古"。湖南等省人吃的藠头大都是腌制的,或入醋,味道酸甜;或加辣椒,则酸甜而极辣,皆极能开胃。

南方人很少知道藠头即是薤的。

北方城里人则连藠头也不认识。北京的食品商场偶尔从南方运了藠头来卖，趋之若鹜的都是南方几省的人。北京人则多用不信任的眼光端详半天，然后望望然而去之。我曾买了一些，请几位北方同志尝尝，他们闭着眼睛嚼了一口，皱着眉头说："不好吃！这哪有糖蒜好哇！"我本想长篇大论地宣传一下藠头的妙处，只好咽回去了。

哀哉，人之成见之难于动摇也！

我写这篇随笔，用意是很清楚的。

第一，我希望年轻人多积累一点生活知识。古人说诗的作用：可以观，可以群，可以怨，还可以多识于草木虫鱼之名。这最后一点似乎和前面几点不能相提并论，其实这是很重要的。草木虫鱼，多是与人的生活密切相关。对于草木虫鱼有兴趣，说明对人也有广泛的兴趣。

第二，我劝大家口味不要太窄，什么都要尝尝，不管是古代的还是异地的食物，比如葵和薤，都吃一点。一个一年到头吃大白菜的人是没有口福的。许多大家都已经习以为常的蔬菜，比如菠菜和莴笋，其实原来都是外国菜。西红柿、洋葱，几十年前中国还没有，很多人吃不惯，现在不是也都很爱吃了么？许多东西，乍一吃，吃不惯，吃吃，就吃出味儿来了。

你当然知道，我这里说的，都是与文艺创作有点关系的问题。

一九八四年六月二十七日

昆明的花

——昆明忆旧之六

茶　花

张岱的文章里不止一次提到"滇茶一本",云南茶花驰名久矣。茶花曾被选为云南省花。曾见过一本《云南茶花》照相画册,印制得很精美,大概就是那一年编印的。茶花品种很多,颜色、花形各异。滇茶为全国第一,在全世界也是有数的。这大概是因为云南的气候土壤都于茶花特别相宜。

西山某寺(偶忘寺名)有一棵很大的红茶花。一棵茶花,占了大雄宝殿前的院子的一多半——寺庙的庭院都是很大的。花开时,至少有上百朵,花皆如汤碗口大。碧绿的厚叶子,通红的花头,使人不暇仔细观赏，只觉得烈烈轰轰的一大片，真是壮观。寺里的和尚怕树身负担不了那么多花头的重量，用杉木搭了很大的架子，支撑着四面的枝条。我一生没有看见过这样高大的茶花。

茶花的花期很长。我似乎没有见过一朵凋败在树上的茶花。这也是茶花的可贵处。

汤显祖把他的居室名为"玉茗堂"。俞平伯先生在一篇文章里说，玉茗是一种名贵的白茶花。我在《云南茶花》那本画册里好像没有发现"玉茗"这一名称。不过我相信云南是一定有玉茗的，也许叫作什么别的名字。

樱　花

春雨既足，风和日暖，圆通公园樱花盛开。花开时，游人很多，蜜蜂也很多。圆通公园多假山，樱花就开在假山的上上下下。樱花无姿态，花形也平常，不耐细看，但是当得一个"盛"字。那么多的花，如同明霞绛雪，真是热闹！身在耀眼的花光之中，满耳是嗡嗡的蜜蜂声音，使人觉得有点晕晕忽忽的。此时人与樱花已经融为一体。风和日暖，人在花中，不辨为人为花。

兰　花

曾到一位绅士家作客——他的女儿是我们的同学。这位绅士曾经当过一任教育总长，多年闲居在家，每天除了看看报纸，研究在很远的地方进行的战争，谈谈中国的线装书和法国小说，剩下的嗜好是种兰花。他的客厅里摆着几十盆兰花。这间屋子仿佛已为兰花的香气所窨透，纱窗竹帘，无不带有淡淡的清香。屋里屋外都静极了。坐在这间客厅里，用细瓷盖碗喝着"滇绿"，看看披拂的兰叶，清秀素雅的兰花箭子，闻嗅着兰花的香气，真不知身在何世。

我的一位老师曾在呈贡桃园住过几年。他的房东也是爱种兰花的。隔了差不多四十年，这位先生还健在，已经是一位老者了。经过"文化大革命"，他的兰花居然能保存了下来。他的女儿要到北京来玩，劝说她父亲也到北京走走，老人不同意，他说："我的这些兰花咋个整？"

缅桂花

昆明缅桂花多，树大，叶茂，花繁。每到雨季，一城都是缅桂花的浓香，我已于《昆明的雨》中说及，不复赘。

粉团花

粉团花即绣球。昆明人谓之"粉团"，亦有理致。

云南民歌："阿妹好像粉团花"，用绣球花来比拟少女，别处的民歌里好像还未见过。于此可见云南绣球甚多，遍布城乡，所以歌手们能近取譬。

康乃馨·菖兰·夜来香

康乃馨，昆明人谓之洋牡丹，菖兰即剑兰，夜来香在有的地方叫作晚香玉。这都是插瓶的花。康乃馨有红的、粉的、白的。菖兰的颜色更多，粉色的、白色的、黄色的、紫得发黑的。夜来香洁白如玉。昆明近日楼有一个很大的花市，卖花人把水灵灵的鲜花摊在一片芭蕉叶上卖。鲜花皆烂贱，买一大把鲜花和称二斤青菜的价钱差不多。

美人蕉和波斯菊

波斯菊叶子极细碎轻柔。花粉紫色，单瓣；瓣极薄。微风吹拂，花叶动摇，如梦如烟。

我原以为波斯菊只有南方有,后来在张家口坝上沽源县的街头也看见了这种花,只是塞北少雨水,花开得不如昆明滋润。在沽源看见波斯菊使我非常惊喜,因为它使我一下子想起了昆明。

波斯菊真是从波斯传来的么?那么你是一位远客了。

昆明的美人蕉皆极壮大,花也大,浓红如鲜血。红花绿叶,对比鲜明。我曾到郊区一中学去看一个朋友,未遇。学校已经放了暑假,一个人没有,安安静静的,校园的花圃里一大片美人蕉赫然地开着鲜红鲜红的大花。我感到一种特殊的,颜色强烈的寂寞。

叶子花

叶子花别处好像是叫作三角梅,昆明人就老是不客气地叫它叶子花,因为它的花瓣和叶子完全一样,只是长条的顶端的十几撮花的颜色是紫红的,而下边的叶子是深绿的。青莲街拐角有一家很大的公馆，围墙的墙头上种的都是叶子花。墙头上种花，少有。

报春花

我想查一查报春花的资料。家里只有一本《辞海》。我相信《辞海》里是不会收这一条的。报春花不是名花。但我还是抱着姑且查查看的心情翻开了《辞海》，不料竟有！

报春花……一年生草本。叶基生，长卵形，顶端圆钝，基部楔形或心形，边缘有不整齐缺裂，缺裂具细锯齿，上面被纤毛，下面有白粉或疏毛。秋季开花，花高脚碟状，红色或淡紫色，伞形花序2—4轮，蒴果球形。多生于荒野、田边。原产我国云南、贵州。各地栽培，供观赏。

不错，不错！就是它，就是它！难得是它把报春花描写得这样仔细。尤其使我欢喜的，是它告诉我云南是报春花的老家。

我在北京的一家花店里重遇报春花，栽在花盆里，标价一元一盆。我不禁冷笑了：这种东西也卖钱！我们在昆明市，到田边散步，一扯就是一大把！

一九八五年六月九日

香港的鸟

早晨九点钟,在跑马地一带闲走。香港人起得晚,商店要到十一点才开门,这时街上人少,车也少,比较清静。看见一个人,大概五十来岁,手里托着一只鸟笼。这只鸟笼的底盘只有一本大三十二开的书那样大,两层,做得很精致。这种双层的鸟笼,我还是头一次见到。楼上楼下,各有一只绣眼。香港的绣眼似乎比内地的也更为小巧。他走得比较慢,近乎是在散步。——香港人走路都很快,总是匆匆忙忙,好像都在赶着去办一件什么事。在香港,看见这样一个遛鸟的闲人,我觉得很新鲜,至少他这会儿还是清闲的,——也许过一个小时他就要忙碌起来了。他这也算是遛鸟了,虽然在林立的高楼之间,在狭窄的人行道上遛鸟,不免有点滑稽。而且这时候遛鸟，也太晚了一点。——北京的遛鸟的这时候早遛完了，回家了。莫非香港的鸟也醒得晚？

在香港的街上遛鸟，大概只能用这样精致的双层小鸟笼。像徐州人那样可不行。——我忽然想起徐州人遛鸟。徐州人养百灵，笼极高大，高三四尺（笼里的"台"也比北京的高得多），无法手提，只能用一根打磨得极光滑的枣木杆子作扁担，把鸟笼担着。或两笼，或三笼、四笼。这样的遛鸟，只能在旧黄河岸，慢慢地走。如果在香港，担着这样高大的鸟笼，用这样的慢步遛鸟，是绝对不行的。

我告诉张辛欣，我看见一个香港遛鸟的人，她说："你就注意这样的事情！"我也不禁自笑。

在隔海的大屿山，晨起，听见斑鸠叫。艾芜同志正在散步，驻足而听：说："斑鸠。"意态悠远，似乎有所感触，又似乎没有。

宿大屿山，夜间听见蟋蟀叫。

临离香港，被一个记者拉住，问我对于香港的观感。匆促之间，不暇细谈，我只说："眼花缭乱，

香港的鸟　097

应接不暇",并说我在香港听到了斑鸠和蟋蟀,觉得很亲切。她问我斑鸠是什么,我只好摹仿斑鸠的叫声,她连连点头。也许她听不懂我的普通话,也许她真的对斑鸠不大熟悉。

香港鸟很少,天空几乎见不到一只飞着的鸟,鸦鸣鹊噪都听不见,但是酒席上几乎都有焗禾花雀和焗乳鸽。香港有那么多餐馆,每天要消耗多少禾花雀和乳鸽呀?这些禾花雀和乳鸽是哪里来的呢?对于某些香港人来说,鸟是可吃的,不是看的,听的。

城市发达了,鸟就会减少。北京太庙的灰鹤和宣武门城楼的雨燕现在都没有了。但是我希望有关领导在从事城市建设时,能注意多留住一些鸟。

玉渊潭的传说

玉渊潭公园范围很大。东接钓鱼台,西到三环路,北靠白堆子、马神庙,南通军事博物馆。这个公园的好处是自然,到现在为止,还不大像个公园,——将来可不敢说了。没有亭台楼阁、假山花圃。就是那么一片水,好些树。绕湖中有长堤,转一圈得一个多小时。湖中有堤,贯通南北,把玉渊潭分为西湖和东湖。西湖可游泳,东湖可划船。湖边有很多人钓鱼,湖里有人坐了汽车内胎扎成的筏子兜圈。堤上有人遛鸟。有两三处是鸟友们"会鸟"的地方。画眉、百灵,叫成一片。有人打拳、做鹤翔桩、跑步。更多的人是遛弯儿的。遛弯有几条路线,所见所闻不同。常遛的人都深有体会。有一位每天来遛的常客,以为从某处经某处,然后出玉渊潭，最有意思。他说："这个弯儿不错。"

每天遛弯儿，总可遇见几位老人。常见，面熟了，见到总要点点头："遛遛？"——"吃啦？"——"今儿天不错，——没风！"……

几位老人都已经八十上下了。他们是玉渊潭的老住户，有的已经住了几辈子。他们原来都是种地的，退休了。身子骨都挺硬朗。早晨，他们都绕长堤遛弯儿。白天，放放奶羊、莳弄莳弄巴掌大的一块菜地、摘一点喂鸡的猪儿草。晚饭后大都聚在湖北岸水闸旁边聊天。尤其是夏天，常常聊到很晚。这地方凉快。

我听他们聊，不免问问玉渊潭过去的事。

他们说玉渊潭原本是一片荒地，没有什么人来。只有每年秋天，热闹几天。城里很多人到玉渊潭来吃烤肉——北京人不是讲究"贴秋膘"吗？各处架起烤肉炙子，烧着柴火，烤肉的香味顺风飘得老远……

秋高气爽，到野地里吃烤肉，瞧瞧湖水，闻着野花野草的清香，确实是一件乐事。我倒愿意这种风气能够恢复。不过，很难了！

老人们说：这玉渊潭原本是私人的产业，是张××的（他们把这个姓张的名字叫得很真凿，我曾经记住，后来忘了）。那会玉渊潭就是当中有一条陆地，种稻子。土肥水好，每年收成不错，玉渊潭一带的人，种的都是张家的地。

他们说：不但玉渊潭，由打阜成门，一直到现在的三环路，都是张××的，他一个人的。

（这可能么？）

这张××是怎么发的家呢？他是做"供"的。早年间北京人订供，不是一次给钱，而是分期给，按时给，从正月给到腊月，年底下就能捧回去一盘供。这张××收了很多家的钱，全花了。到了年根，要面没面，要油没油，拿什么给人家呀！他着急呀，睡不着觉。迷迷糊糊地，着了。做了一个梦。梦里听见有人跟他说：张××，哪儿哪儿有你的油，你的面，你去拉吧！他醒来，到了那儿，有一所房，里面有油，有面。他就赶着车往外拉。怎么拉也拉不完。怎么拉，也拉不完。起那儿，他就发了大财了!

这个传说当然不可信,情节也比较一般化。不过也还有点意思。从这个传说让我了解了几件事。

第一,北京人家过年,家家都要有一盘供。南方人也许不知道什么是"供"。供,就是面擀成指头粗的条,在油里炸透,蘸了蜂蜜,堆成宝塔形,供在神案上的一种甜食。这大概本来是佛教敬奉释迦牟尼的东西,而且本来可能是庙里制做的。《红楼梦》第一回写葫芦庙中炸供,和尚不小心,油锅火逸,造成火灾,可为旁证。不过《红楼梦》写炸供是在三月十五,而北京人家摆供则在大年初一,季节不同。到后来,就不只是敬给释迦牟尼了,天上地下,各教神仙都有份。似乎一切神佛都爱吃甜东西。其实爱吃这种甜食的是孩子。北京的孩子大概都曾乘大人看不见的时候,偷偷地掰过供尖吃。到了撤供的时候,一盘供就会矮了一截。现在过年的时候,没有人家摆供了,不过点心铺里还有"蜜供"卖,只是不复堆成宝塔形,而是一疙瘩一块的。很甜,有一点蜜香。

第二，我这才知道，北京人家订供，用的是这种"分期付款"的办法。分期付款，我原以为是外国传来的，殊不知中国，北京，古已有之。所不同的，现在的分期付款是先取了东西，再陆续付钱，订供则是先钱后货。小户人家，到年底一次拿出一笔钱来办供，有些费劲，这样零揪着按月交钱，就轻松多了；做供的呢，也可以攒了本钱，从容备料。买主卖主，两得其便。这办法不错！

第三，这几位老人对这传说毫不怀疑。他们是当真事儿说的。他们说张××实有其人，他们说他就住在三环路的南边。他们说北京人有一句话："你有钱！——你有钱能比得了张××吗！"这几位老人都相信：人要发财，这是天意，这是命。因此，他们都顺天而知命，与世无争，不作非分之想。他们勤劳了一辈子，恬淡寡欲，心平气和。因此，他们都长寿。

一九八六年一月十三日

灵通麻雀

闵兆华家有过一只很怪的麻雀。

这只麻雀跌在地上,折了一条腿(大概是小孩子拿弹弓打的),兆华的爱人捡了起来,给它上了一点消炎粉,用纱布裹巴裹巴,麻雀好了。好了,它就不走了。兆华有一顶旧棉帽子,挂在墙上,就成了它的窝。棉帽子里朝外,晚上,它钻进去,兆华的爱人把帽子翻了过来,它就在帽里睡一夜。天亮了,棉帽子往外一翻,它就忒楞楞楞要出来了。兆华家不给它预备鸟食。人吃什么它吃什么。吃饭的时候,它落在兆华爱人的肩上,兆华爱人随时喂它一口。它生了病——发烧,给它吃了一点四环素之类的药,也就好了。它每天就出去玩,但只要兆华爱人在窗口喊一声:"鸟——",它呼的一声就飞回来。

兆华爱人绣花。有时因事走开,麻雀就看着桌上的绣活,谁也不许动。你动一下,它就嗛你!

兆华领回了工资,放在大衣口袋里,麻雀会把钞票一张一张地叼出来,送到兆华爱人——它的女主人的面前!

我知道这只麻雀的时候,它已经活了四年多,毛色变得很深,发黑了。

有一位鸟类学专家曾特地到兆华家去看过这只麻雀。他认为有两点不可解:

一、麻雀的寿命一般是两年,这只麻雀怎么能活了四年多呢?

二、鸟类一般是没有思维的。这只麻雀能看绣活,叼钞票,这算什么呢?能够说是思维么?

天地间有许多事情需要作新的探索。

云南茶花

很多地方在选市花,这是好事。想一想"十年大乱"时期,公园都成了菜园,现在真是大不相同了。选市花,说明人们有了闲情逸致。人有闲情逸致,说明国运昌隆。

有些市的市民对市花有不同意见,一时定不下来。昆明的市花是不会有争议的。如果市民投票,一定会一致通过:茶花。几十年前昆明就选过一次(那时别的市还没有选举市花之风)。现在再选,还会维持原议。

云南茶花——滇茶,久负盛名。

张岱《陶庵梦忆·逍遥楼》云:"滇茶故不易得,亦未有老其材八十余年者。朱文懿公逍遥楼滇茶,为陈海樵先生手植,扶疏蓊翳,老而愈茂。诸文孙恐其力不胜葩,岁删其萼盈斛,然所遗落枝头,犹自燔山熠谷焉。"

鲁迅说张岱的文章每多夸张。这一篇看起来也像有些夸张,但并不,而且写得极好,得滇茶之神理。

昆明西山华亭寺有一棵大茶花。走进山门,越过站着四大金刚的门道,一抬头便看见通红的一大片。是得抬头的,因为茶花非常高大。华亭寺大雄宝殿前的石坪是很大的,这棵茶花几乎占了石坪的一小半。花皆如汤碗大,一朵一朵,像烧得炽旺的火球。张岱说滇茶"燔山熠谷",是一点不错的。据说这棵茶花每年能开三百来朵。满树黑绿肥厚的大叶子衬托着,更显得热闹非常。这才真叫作大红大绿。这样的大红大绿显出一种强壮的生命力。华贵之极,却毫不俗气。这是一个夺人眼目的大景致。如果我的同乡人来看了,一定会大叫一声"乖乖咙的咚!"我不知道寺里的和尚是不是也"岁删其萼盈斛",但是他们是怕这棵茶花负担不起这样多的大花的,便搭了一个杉木的架子,撑着四围的枝条。昆明茶花到处都有,而华亭寺的这一棵,大概要算最大的。

茶花的好处是花大，色浓，花期长，而树本极能耐久。华亭寺的茶花大概已经不止八十年了。

江西井冈山一带有一个风俗。人家生了孩子，孩子过周岁时，亲戚朋友送礼，礼物上都要放一枝带叶子的油茶。油茶常绿，越冬不凋，而且开了花就结果；茶果未摘，接着就开花。这是取一个吉兆，祝福这孩子活得像油茶一样强健。一个很美的风俗。我不知道油茶和山茶有没有亲属关系，我在思想上是把它们归为一类的。凡茶之类，都很能活。

中国是茶花的故乡。茶花分滇茶、浙茶。浙茶传到日本，又由日本传到美国。现在日本的浙茶比中国的好，美国的比日本的好。只有云南滇茶现在还是世界第一。

前几年，江西山里发现黄茶花，这是国宝。如果栽培成功，是可以换外汇的。

茶花女喜欢戴的是什么茶花？大概不是滇茶，滇茶太大。我想是浙茶。而且无端地觉得，是白的。

一九八六年十月二十日

马铃薯

马铃薯的名字很多。河北、东北叫土豆，内蒙、张家口叫山药，山西叫山药蛋，云南、四川叫洋芋，上海叫洋山芋，除了搞农业科学的人，大概很少人叫得惯马铃薯。我倒是叫得惯了。我曾经画过一部《中国马铃薯图谱》。这是我一生中的一部很奇怪的作品。图谱原来是打算出版的，因故未能实现。原稿旧存沙岭子农业科学研究所，后来毁了，可惜！

一九五八年，我下放张家口沙岭子农业科学研究所劳动。一九六〇年我结束了劳动，一时没有地方可去，留在所里打杂。所里要画一套马铃薯图谱，把任务交给了我，所里有一个下属的马铃薯研究站，设在沽源。我在张家口买了一些纸笔颜色，乘车往沽源去。

马铃薯是适于在高寒地带生长的作物。马铃薯会退化。在海拔较低、气候温和的地方种一二年，薯块就会变小。因此，每年都有很多省市开车到张家口坝上来调种。坝上成为供应全国薯种的基地。沽源在坝上，海拔一千四，冬天冷到零下四十度，马铃薯研究站设在这里，很合适。

这里集中了全国的马铃薯品种，分畦种植，正是开花的季节，真是洋洋大观。

我在沽源，究竟是一种什么心情，真是说不清。远离了家人和故友，独自生活在荒凉的绝塞，可以谈谈心的人很少，不免有点寂寞。另外一方面，摘掉了帽子，总有一种轻松感。日子过得非常悠闲。没有人管我，也不需要开会。一早起来，到马铃薯地里（露水很重，得穿了浅勒的胶靴），掐了一把花、几枝叶子，回到屋里，插在玻璃杯里，对着它画。马铃薯的花是很好画的。伞形花序，有一点像复瓣水仙。颜色是白的，浅紫的。紫花有的偏红，有的偏蓝。当中一个高庄小窝头似的黄心。

叶子大都相似，奇数羽状复叶，只是有的圆一点，有的尖一点，颜色有的深一点，有的淡一点，如此而已。我画这玩意儿又没有定额，尽可慢慢地画。不过我画得还是很用心的，尽量画得像。我曾写过一首长诗，记述我的生活，代替书信，寄给一个老同学。原诗已经忘了，只记得两句："坐对一丛花，眸子炯如虎"。画画不是我的本行，但是"工作需要"，我也算起了一点作用，倒是差堪自慰的。沽源是清代的军台，我在这里工作，可以说是"发往军台效力"，我于是用画马铃薯的红颜色在带来的一本《梦溪笔谈》的扉页上画了一方图章："效力军台"——我带来一些书，除《梦溪笔谈》外，有《癸巳类稿》《十架斋养新录》，还有一套商务印书馆铅印本"四史"。晚上不能作画——灯光下颜色不正，我就读这些书。我自成年后，读书读得最专心的，要算在沽源这一段时候。

　　我对马铃薯的科研工作有过一点很小的贡献：马铃薯的花都是没有香味的。我发现有一种马铃薯，"麻土豆"的花，却是香的。我告诉研究站的研究人员，他们都很惊奇："是吗？——真的！我们搞了那么多年马铃薯，还没有发现。"

到了马铃薯逐渐成熟——马铃薯的花一落，薯块就成熟了，我就开始画薯块。那就更好画了，想画得不像都不大容易。画完一种薯块，我就把它放进牛粪火里烤烤，然后吃掉。全国像我一样吃过那么多种马铃薯的人，大概不多！马铃薯的薯块之间的区别比花、叶要明显。最大的要数"男爵"，一个可以当一顿饭。有一种味极甜脆，可以当水果生吃。最好的是"紫土豆"，外皮乌紫，薯肉黄如蒸栗，味道也像蒸栗，入口更为细腻。我曾经扛回一袋，带到北京。春节前后，一家大小，吃了好几天。我很奇怪："紫土豆"为什么不在全国推广呢？

马铃薯原产南美洲，现在遍布全世界。苏联卫国战争时期的小说，每每写战士在艰苦恶劣的前线战壕中思念家乡的烤土豆，"马铃薯"和"祖国"几乎成了同义字。罗宋汤、沙拉，离开了马铃薯做不成，更不用说奶油烤土豆、炸土豆条了。

马铃薯传入中国，不知始于何时。我总觉得大概是明代，和郑和下西洋有点缘分。现在可以说遍及全国了。沽源马铃薯研究站不少品种是从青藏高原、大小凉山移来的。马铃薯是山西、内蒙、张家口的主要蔬菜。这些地方的农村几乎家家都有山药窨，民歌里都唱："想哥哥想得迷了窍，抱柴禾跌进了山药窨""交城的山里没有好茶饭，只有莜面栲栳栳，和那山药蛋"。山西的作者群被称为"山药蛋派"。呼和浩特的干部有一点办法的，都能到武川县拉一车山药回来过冬。大笼屉蒸新山药，是待客的美餐。张家口坝上、坝下，山药、西葫芦加几块羊肉熰一锅烩菜，就是过年。

中国的农民不知有没有一天也吃上罗宋汤和沙拉。也许即使他们的生活提高了，也不吃罗宋汤和沙拉，宁可在大烩菜里多加几块肥羊肉。不过也说不定。中国人过去是不喝啤酒的，现在北京郊区的农民喝啤酒已经习惯了。我希望中国农民会爱吃罗宋汤和沙拉。因为罗宋汤和沙拉是很好吃的。

一九八七年二月十六日

腊梅花

"雪花、冰花、腊梅花……"我的小孙女这一阵老是唱这首儿歌。其实她没有见过真的腊梅花,只是从我画的画上见过。

周紫芝《竹坡诗话》云:"东南之有腊梅,盖自近时始。余为儿童时,犹未之见。元祐间,鲁直诸公方有诗,前此未尝有赋此诗者。政和间,李端叔在姑溪,元夕见之僧舍中,尝作两绝,其后篇云:'程氏园当尺五天,千金争赏凭朱栏。莫因今日家家有,便作寻常两等看。'观端叔此诗,可以知前日之未尝有也。"看他的意思,腊梅是从北方传到南方去的。但是据我的印象,现在倒是南方多,北方少见,尤其难见到长成大树的。我在颐和园藻鉴堂见过一棵,种在大花盆里,放在楼梯拐角处。因为不是开花的时候，绿叶披纷，没有人注意。和我一起住在藻鉴堂的几个搞剧本的同志，都不认识这是什么。

我的家乡有腊梅花的人家不少。我家的后园有四棵很大的腊梅。这四棵腊梅，从我记事的时候，就已经是那样大了。很可能是我的曾祖父在世的时候种的。这样大的腊梅，我以后在别处没有见过。主干有汤碗口粗细，并排种在一个砖砌的花台上。这四棵腊梅的花心是紫褐色的，按说这是名种，即所谓"檀心磬口"。腊梅有两种，一种是檀心的，一种是白心的。我的家乡偏重白心的，美其名曰"冰心腊梅"，而将檀心的贬为"狗心腊梅"。腊梅和狗有什么关系呢？真是毫无道理！因为它是狗心的，我们也就不大看得起它。

不过凭良心说，腊梅是很好看的。其特点是花极多——这也是我们不太珍惜它的原因。物稀则贵，这样多的花，就没有什么稀罕了。每个枝条上都是花，无一空枝。而且长得很密，一朵挨着一朵，挤成了一串。这样大的四棵大腊梅，满树繁花，黄灿灿的吐向冬日的晴空，那样的热热闹闹，而又那样的安安静静，实在是一个不寻常的境界。不过我们已经司空见惯，每年都有一回。

每年腊月，我们都要折腊梅花。上树是我的事。腊梅木质疏松，枝条脆弱，上树是有点危险的。不过腊梅多枝杈，便于登踏，而且我年幼身轻，正是"一日上树能千回"的时候，从来也没有掉下来过。我的姐姐在下面指点着："这枝，这枝！——哎，对了，对了！"我们要的是横斜旁出的几枝，这样的不蠢；要的是几朵半开，多数是骨朵的，这样可以在瓷瓶里养好几天——如果是全开的，几天就谢了。

下雪了，过年了。大年初一，我早早就起来，到后园选摘几枝全是骨朵的腊梅，把骨朵都剥下来，用极细的铜丝——这种铜丝是穿珠花用的，就叫作"花丝"，把这些骨朵穿成插鬘的花。我们县北门的城门口有一家穿珠花的铺子，我放学回家路过，总要钻进去看几个女工怎样穿珠花，我就用她们的办法穿成各式各样的腊梅珠花。我在这些腊梅珠子花当中嵌了几粒天竺果——我家后园的一角有一棵天竺。黄腊梅、红天竺，我到现在还很得意：那是真很好看的。我把这些腊梅珠花送给我的祖母，送给大伯母，送给我的继母。她们梳了头，就插戴起来。然后，互相拜年。我应该当一个工艺美术师的，写什么屁小说！

一九八七年二月十八日

紫　薇

唐朝人也不是都能认得紫薇花的。《韵语阳秋》卷第十六："白乐天诗多说别花，如《紫薇花诗》云'除却微之见应爱，世间少有别花人'……今好事之家，有奇花多矣，所谓别花人，未之见也。鲍溶作《仙檀花诗》寄袁德师侍御，有'欲求御史更分别'之句，岂谓是邪？"这里所说的"别"是分辨的意思。白居易是能"别"紫薇花的，他写过至少三首关于紫薇的诗。

《韵语阳秋》云：

> 白乐天作中书舍人，入直西省，对紫薇花而有咏曰："丝纶阁下文章静，钟鼓楼中刻漏长。独坐黄昏谁是伴，紫薇花对紫薇郎。"后

又云："紫薇花对紫薇翁,名目虽同貌不同,则此花之珍艳可知矣。"爪其本则枝叶俱动,俗谓之"不耐痒花"。自五月至九月尚烂熳,俗又谓之"百日红"。唐人赋咏,未有及此二事者。本朝梅圣俞时注意此花。一诗赠韩子华,则曰"薄肤痒不胜轻爪,嫩干生宜近禁庐";一诗赠王景彝,则曰:"薄薄嫩肤搔鸟爪,离离碎叶剪城霞",然皆著不耐痒事,而未有及百日红者。胡文恭在西掖前亦有三诗,其一云:"雅当翻药地,繁极曝衣天",注云:"花至七夕犹繁",似有百日红之意,可见当时生花之盛。省吏相传,咸平中,李昌武自别墅移植于此。晏元献尝作赋题于省中,所谓"得自羊墅,来从召园,有昔日之绛老,无当时之仲文"是也。

对于年轻的读者,需要作一点解释,"紫薇花对紫薇郎"是什么意思。紫薇郎亦作紫微郎,唐代官名,即中书侍郎。《新唐书·百官志二》注"开元元年，改中书省曰紫薇省，中书令曰紫薇令。"白居易曾为中书侍郎，故自称紫薇郎。中书侍郎是要到宫里值班的，独自坐在办公室里，不免有些寂寞，但是这也不是一般人所能谋得到的差事，诗里又透出几分得意。"紫薇花对紫薇郎"，使人觉得有点罗曼蒂克，其实没有。不过你要是有一点罗曼蒂克的联想，也可以。石涛和尚画过一幅紫薇花，题的就是白居易的这首诗。紫薇颜色很娇，画面很美，更易使人产生这是一首情诗的错觉。

从《韵语阳秋》的记载，我们可以知道两件事。一是"爪其本则枝叶俱动"。紫薇的树干的外皮易脱落，露出里面的"嫩肤"，嫩肤上留下外皮脱落后留下的一片一片的青色和白色的云斑。用指甲搔搔树干的嫩肤，确实是会枝叶俱动的。宋朝人叫它"不耐痒花"，现在很多地方叫它"怕痒痒树"或"痒痒树"。这到底是什么道理，好像没有人解释过。二是花期甚长。这是夏天的花。胡文恭说它"繁极曝衣天"，白居易说它"独占芳菲当夏景，不将颜色托春风"。但是它"花至七夕犹繁"。我甚至在飘着小雪的天气，还看见一棵紫薇花依然开着仅有的一穗红花！

我家的后园有一棵紫薇。这棵紫薇有年头了，主干有茶杯口粗，高过屋檐。一到放暑假，它开起花来，真是"繁"得不得了。紫薇花是六瓣的，但是花瓣皱缩，瓣边还有很多不规则的缺刻，所以根本分不清它是几瓣，只是碎碎叨叨的一球，当中还射出许多花须、花蕊。一个枝子上有很多朵花。一棵树上有数不清的枝子。真是乱。乱红成阵。乱成一团。简直像一群幼儿园的孩子放开了又高又脆的小嗓子一起乱嚷嚷。在乱哄哄的繁花之间还有很多赶来凑热闹的黑蜂。这种蜂不是普通的蜜蜂，个儿很大，有指头顶那样大，黑的，就是齐白石爱画的那种。我到现在还叫不出这是什么蜂。这种大黑蜂分量很重。它一落在一朵花上，抱住了花须，这一穗花就叫它压得沉了下来。它起翅飞去，花穗才挣回原处，还得哆嗦两下。

大黑蜂不像马蜂那样会做窠。它们也不像马蜂一样的群居，是单个生活的。在人家房檐的椽子下面钻一个圆洞，这就是它的家。我常常看见一个大黑蜂飞回来了，一收翅膀，钻进圆洞，就赶紧用一根细细的帐竿竹子捅进圆洞，来回地拧，它就在洞里嗯嗯地叫。我把竹竿一拨，啪的一声，它就掉到了地上。我赶紧把它捉起来，放进一个玻璃瓶里，盖上盖——瓶盖上用洋钉凿了几个窟窿。瓶子里塞了好些紫薇花。大黑蜂没有受伤，它只是摔晕过去了。过了一会，它缓醒过来了，就在花瓣之间乱爬。大黑蜂生命力很强，能活几天。我老幻想它能在瓶里待熟了，放它出去，它再飞回来。可是不知什么时候，它仰面朝天，死了。

紫薇原产于中国中部和南部。白居易诗云"浔阳官舍双高树，兴善僧庭一大丛，何似苏州安置处，花堂栏下月明中"，这些都是偏南的地方。但是北方很早就有了，如长安。北京过去也有，但很少（北京人多不识紫薇）。近年北京大量种植，到处都是。街心花园几乎都有。选择这种花木来美化城市环境是很有道理的，因为它花繁盛，颜色多（多为胭脂红，也有紫色和白色的），花期长。但是似乎生长得很慢。密云水库大坝下的通道两侧,隔不远就有一棵紫薇。我每年夏天要到密云开一次会,年年到坝下散步,都看到这些紫薇。看了四年,它们好像还是那样大。

比起北京雨后春笋一样耸立起来的高楼,北京的花木的生长就显得更慢。因此,对花木要倍加爱惜。

一九八七年二月二十一日

熬鹰·逮獾子

北京人骂晚上老耗着不睡的人："你熬鹰哪！"北京过去有养活鹰的。养鹰为了抓兔子。养鹰，先得去掉它的野性。其法是：让鹰饿几天，不喂它食；然后用带筋的牛肉在油里炸了，外用细麻线缚紧；鹰饿极了，见到牛肉，一口就吞了；油炸过的牛肉哪能消化呀，外面还有一截细麻线哪；把麻线一拖，牛肉又拖出来了，还拖出了鹰肚里的黄油；这样吞几次，拖几次，把鹰肚里的黄油都拉干净了，鹰的野性就去了。鹰得熬。熬，就是不让它睡觉。把鹰架在胳臂上，鹰刚一迷糊，一闭眼，就把胳臂猛然一抬，鹰又醒了。熬鹰得两三个人轮流熬，一个人丁不住。干吗要熬？鹰想睡，不让睡，它就变得非常烦躁，这样它才肯逮兔子。吃得饱饱的，睡得好好的，浑身舒舒服服的，它懒得动弹。架鹰出猎，还得给鹰套上一顶小帽子，把眼遮住。到了郊外，一摘鹰帽，鹰眼前忽然一亮，全身怒气不打一处来，一翅腾空，看见兔子的影儿，眼疾爪利，一爪子就把兔子叼住了。

北京过去还有逮獾子的。逮獾子用狗。一般的狗不行，得找大饭庄养的肥狗。有那种人，专门偷大饭庄的狗，卖给逮獾子的主。狗，先得治治它，把它的尾巴给擀了。把狗捆在一条长板凳上，用擀面杖把尾巴使劲一擀，只听见咯巴咯巴咯巴……狗尾巴的骨节都折了。瞧这狗，屎、尿都下来了。疼啊！干吗要把尾巴擀了？狗尾巴老摇，到了草窝里，尾巴一摇，树枝草叶窸窸地响，獾子就跑了。尾巴擀了，就只能耷拉着了，不摇了。

你说人有多坏，怎么就想出了这些个整治动物的法子！

逮住獾子了，就到处去喝茶。有几个起哄架秧子，傍吃傍喝的帮闲食客"傍"着，提搂着獾子，往茶桌上一放。旁人一瞧："喝，逮住獾子啦！"露脸！多会等九城的茶馆都坐遍了，脸露足了，獾子也臭了，才再想什么新鲜的玩法。

熬鹰、逮獾子，这都是八旗子弟、阔公子哥儿的"乐儿"。穷人家谁玩得起这个！不过这也是一种文化。

獾油治烧伤有奇效。现在不好淘换了。

三月十三日

猴王的罗曼史

游索溪峪，陪同我的老万说，有一处山坳里养着一群猴子，看猴子的人会唱猴歌，通猴语，他问我有没有兴趣去看看，我说：有！

看猴的五十多岁了，独臂，他说他家五代都在山里捉猴子。

他说猴有猴群，"人"数不等，二三十只到近百只的都有，猴群有王。王是打出来的。每年都要打一次。哪一只公猴子把其他的公猴都打败了（母猴不参加），它就是猴王。猴王一到，所有的猴子都站在两边。除了大王，还有二王、三王。

这里的这群猴原来是山里的野猴，有一年下大雪，山里没吃的，猴群跑到这里来，他撒一点苞谷喂喂它们，这群猴就在这里定居了。

猴群里所有的母猴名义上都是猴王的姬妾，但是猴王有一个固定的大老婆，即猴后。别的母猴和其他公猴"做爱"，猴王也是睁一眼闭一眼，但是正室大夫人绝对不许乱搞。这群猴的猴后和别的公猴乱搞，被原先的猴王发现，它就把猴后痛打一顿，逐到山里去了。这猴后到山里跟另一猴群的二王结了婚，还生了个猴太子。后来这群猴的猴王死了，猴后回来看了看，就把它的第二个丈夫迎了来，招婿上门，当了这群猴的猴王。

谁是猴王？一看就看得出来。它比别的猴子要魁伟得多，毛色金黄发亮。脸型也有点特别，下腭不尖而方。双目炯炯，样子很威严，的确有点帝王气象。跟它贴身坐着的，想必即是猴后，也很像一位命妇。

猴王是有权的。两只猴子吵起来，甚至扭打起来，它会出面仲裁，大声呵叱，或予痛责。除此之外，也没有什么尊贵。小猴子手里的食物它照样抢过来吃。

我们问这位独臂老汉："你是通猴语么?"他说猴子有语言,有五十几个"字",即能发出五十几种声音,每一种声音表示一定的意思。

有几个外地来的青年工人和猴子玩了半天,喂猴吃东西,还和猴子一起照了很多相。他们站起身来要走了,猴王猴后并肩坐在铁笼里吭吭地叫了几声,神情似颇庄重。我问看猴人:"他们说什么?"他说:"你们走了,再见!"这几个青年走上山坡,将要拐弯,猴王猴后又吭吭了几声。我问看猴老汉:"这是什么意思?"他说:"它们说,慢走。"

我不大相信。可是等我和老万向看猴老汉告辞的时候,猴王猴后又复并肩而坐,吭吭几声;等我们走上山坡,它们又是同样地吭吭叫了几声。我不得不相信这位朴朴实实的独臂看猴老汉所说的一切。

我向老汉建议:应当把猴语的五十几个单音字录下来,由他加以解释,留一份资料。他说管理处的小张已经录了。

老万告我：这老汉会唱猴歌。他一唱猴歌，山里的猴子就会奔来。我问他："你会唱猴歌吗?"他说："猴歌啊？……"笑而不答，不置可否。

一九八七年三月二十一日追记

狼的母性

中国很多地方有狼。

绍兴有狼。鲁迅写的祥林嫂的孩子阿毛就是被狼吃了的。

昆明有狼。我在昆明郊区看到一些人家的砖墙上用石炭画了一个一个的白圈,问人:这是干什么?答曰:是防狼的。狼性多疑,它怕中了圈套。

张家口有狼。口外长途车站有一个站名就叫狼窝沟。在张家口想买一件狼皮褥子毫不费事,也很便宜。狼皮褥子可以隔潮,垫了狼皮褥子不易得风湿。我在张家口的沙岭子下放劳动了三年,有一只狼老来偷果园里的葡萄,而且专偷"白香蕉"。白香蕉是葡萄的名种,果粒色白,而有香蕉味道。后来叫一个农业工人用步枪打死了。剖开肚子,一肚子都是白香蕉!

呼和浩特有狼。

大青山狼多。狼多昼伏夜出。有一个在山里打过游击的朋友告诉我:"那几年,狼下山,我下山,狼回山,我回山。"有一个游击队员在半山睡着了,一只狼爬到他身上,他惊醒了,两手掐住狼脖子不放,竟把狼掐死了。后来熟人见他都开玩笑:"武松打虎,xx掐狼。"

游击队在山里行军,发现三只小狼埋在沙坑里,只露出三个小脑袋。一个小战士很奇怪。问人:"这是怎么回事?"一个有经验的老战士告诉他:"小狼出痘子,母狼就把它们用砂土埋起来,过几天再刨出来。"小战士把三只小狼刨出来,背走了。这一下惹了麻烦:游击队到哪里,母狼跟到哪里。蹲在不远的地方哀叫,一叫一黑夜。又不能开枪打,怕暴露目标。叫了几夜,后来小战士听了老战士的劝,把小狼放了,晚上宿营,才能睡个安生觉。

呼伦贝尔有狼。

海拉尔，离市区不远的山里有一窝狼，两只老狼，三只狼崽子。有一个农民知道了，趁老狼不在的时候把狼崽子掏了。畜产公司收购，大狼一只三十块钱，小狼十五。三只小狼能卖四十五块钱。老狼回来了。就找掏狼崽子的人。找到海拉尔桥头，没办法了。原来这个农民很有经验，知道老狼会循着他身上的气味跟踪的——狼鼻子非常尖，他到了海拉尔桥就下了河，从河里走了。河水把他的气味冲走了。线索断了。这两只老狼就连夜祸害桥边的村子，咬死了几个孩子。狼急疯了，要报复。后来是动用了解放军，围剿了一夜，才把老狼打死了。

鳜　鱼

读《徐文长佚草》，有一首《双鱼》：

如䌽鳜鱼如桮鲋，謷张腮呷跳纵横。
遗民携立岐阳上，要就官船脍具烹。

青藤道士画并题。鳜鱼不能屈曲，如僵蹶也。䌽音计，即今花毯，其鳞纹似之，故曰䌽鱼。鲫鱼群附而行，故称鲋鱼。旧传败桮所化，或因其形似耳。

这是一首题画诗。使我发生兴趣的是诗后的附注。鳜鱼为什么叫作鳜鱼呢？是因为它"不能屈曲，如僵蹶也"。此说似有理。鳜鱼是不能屈曲的，因为它的脊刺很硬。但又觉得有些勉强,有点像王安石的《字说》。这种解释我没有听说过,很可能是徐文长自己琢磨出来的。但说它为什么又叫罽鱼,是有道理的。附注里的"即今花毯","毯"字肯定是刻错了或排错了的字,当作"毯"。"罽"是杂色的毛织品,是一种衣料。《汉书·高帝纪下》:"贾人毋得衣锦绣、绮縠、絺纻、罽"。这种毛料子大概到徐文长的时候已经没有了,所以他要注明"即今花毯"。其实罽有花,却不是毯子。用毯子做衣服,未免太厚重。用当时可见的花毯来比罽,原也是没有办法的办法。而且罽或缯,这个字十六世纪认得的人就不多了,所以徐文长注曰"音计"。鳜鱼有些地方叫作"鲜花鱼",如松花江畔的哈尔滨和我的家乡高邮。北京人则反过来读成"花鲜"。叫作"鲜花"是没有讲的。正字应写成"罽花"。鳜鱼身上有杂色斑点,大概古代的罽就是那样。不过如果有哪家饭馆里的菜单上写出"清蒸罽花鱼",绝大部分顾客一定会不知道这是什么东西。即使写成"鳜鱼",有人怕也不认识,很可能念成"厥鱼"

（今音）。我小时候有一位老师教我们张志和的《渔父》，"西塞山前白鹭飞，桃花流水鳜鱼肥"，就把"鳜鱼"读成"厥鱼"。因此，现在很多饭馆都写成"桂鱼"。其实这是都可以的吧，写成"鲜花鱼""桂鱼"，都无所谓，只要是那个东西。不过知道"鲫花鱼"的由来，也不失为一件有趣的事。

鳜鱼是非常好吃的。鱼里头，最好吃的，我以为是鳜鱼。刀鱼刺多，鲥鱼一年里只有那么几天可以捕到。堪与鳜鱼匹敌的，大概只有南方的石斑，尤其是青斑，即"灰鼠石斑"。鳜鱼刺少，肉厚。蒜瓣肉。肉细，嫩，鲜。清蒸、干烧、糖醋、做松鼠鱼，皆妙。余汤，汤白如牛乳，浓而不腻，远胜鸡汤鸭汤。我在淮安曾多次吃过"干炸鲜花鱼"。二尺多长的活治整鳜鱼入大锅滚油干炸，蘸椒盐，吃了令人咋舌。至今思之，只能如张岱所说："酒醉饭饱，惭愧惭愧！"

鳜鱼的缺点是不能放养，因为它是吃鱼的。"大鱼吃小鱼"，其实吃鱼的鱼并不多，据我所知，吃鱼的鱼，只有几种：鳜鱼、鲖鱼、黑鱼（鲨鱼、鲸鱼不算）。鲴鱼本名鮠。《本草纲目·鳞部四》："北人呼鱯，南人呼鮠，并与鲴音相近，迩来通称鲴鱼，而鱯、鮠之名不彰矣。"黑鱼本名乌鳢。现在还有这么叫的。林斤澜《矮凳桥风情》里写了乌鳢，有人看了以为这是一种带神秘色彩的古怪东西，其实即黑鱼而已。

凡吃鱼的鱼，生命力都极顽强。我小时曾在河边看人治黑鱼，内脏都掏空了，此黑鱼仍能跃入水中游去。我在小学时垂钓，曾钓着一条大黑鱼，心里喜欢得怦怦跳，不料大黑鱼把我的钩线挣断，嘴边挂着鱼钩和挺长的一截线游走了！

一九八七年七月八日

夏天的昆虫

蝈　蝈

蝈蝈我们那里叫作"叫蛐子"。因为它长得粗壮结实，样子也不大好看，还特别在前面加一个"侉"字，叫作"侉叫蛐子"。这东西就是会呱呱地叫。有时嫌它叫得太吵人了，在它的笼子上拍一下，它就大叫一声："呱！——"停止了。它什么都吃。据说吃了辣椒更爱叫，我就挑顶辣的辣椒喂它。早晨，掐了南瓜花（谎花）喂它，只是取其好看而已。这东西是咬人的。有时捏住笼子，它会从竹篾的洞里咬你的指头肚子一口！

另有一种秋叫蛐子，较晚出，体小，通身碧绿如玻璃料，叫声轻脆。秋叫蛐子养在牛角做的圆盒中，顶面有一块玻璃。我能自己做这种牛角盒子，要紧的是弄出一块大小合适的圆玻璃。把玻璃放在水盆里，用剪子剪，则不碎裂。秋叫蛐子价钱比侉叫蛐子贵得多。养好了，可以越冬。

叫蛐子是可以吃的。得是三尾的，腹大多子。扔在枯树枝火中，一会就熟了。味极似虾。

蝉

蝉大别有三类。一种是"海溜"，最大，色黑，叫声宏亮。这是蝉里的楚霸王，生命力很强。我曾捉了一只，养在一个断了发条的旧座钟里，活了好多天。一种是"嘟溜"，体较小，绿色而有点银光，样子最好看，叫声也好听："嘟溜——嘟溜——嘟溜"。一种叫"叽溜"，最小，暗赭色，也是因其叫声而得名。

蝉喜欢栖息在柳树上。古人常画"高柳鸣蝉"，是有道理的。

北京的孩子捉蝉用粘竿——竹竿头上涂了粘胶。我们小时候则用蜘蛛网。选一根结实的长芦苇，一头撅成三角形，用线缚住，看见有大蜘蛛网就一绞，三角里络满了蜘蛛网，很粘。瞅准了一只蝉，轻轻一捂，蝉的翅膀就被粘住了。

佝偻丈人承蜩，不知道用的是什么工具。

蜻　蜓

家乡的蜻蜓有三种。

一种极大，头胸浓绿色，腹部有黑色的环纹，尾部两侧有革质的小圆片，叫作"绿豆钢"。这家伙厉害得很，飞时巨大的翅膀磨得嚓嚓地响。或捉之置室内，它会对着窗玻璃猛撞。

一种即常见的蜻蜓，有灰蓝色和绿色的。蜻蜓的眼睛很尖，但到黄昏后眼力就有点不济。它们栖息着不动，从后面轻轻伸手，一捏就能捏住。玩蜻蜓有一种恶作剧的玩法：掐一根狗尾巴草，把草茎插进蜻蜓的屁股，一撒手，蜻蜓就带着狗尾草的穗子飞了。

一种是红蜻蜓。不知道什么道理，说这是灶王爷的马。

另有一种纯黑的蜻蜓。身上，翅膀都是深黑色，我们叫它鬼蜻蜓，因为它有点鬼气。也叫"寡妇"。

刀　螂

刀螂即螳螂。螳螂是很好看的。螳螂的头可以四面转动。螳螂翅膀嫩绿，颜色和脉纹都很美。昆虫翅膀好看的，为螳螂，为纺织娘。

或问：你写这些昆虫什么意思？答曰：我只是希望现在的孩子也能玩玩这些昆虫，对自然发生兴趣。现在的孩子大都只在电子玩具包围中长大，未必是好事。

野鸭子是候鸟吗?

——美国家书

爱荷华河里常年有不少野鸭子,游来游去,自在得很。听在这个城市里住了二十多年的老住户说,这些野鸭子原来也是候鸟,冬天要飞走的(爱荷华气候跟北京差不多,冬天也颇冷,下大雪),近二三年,它们不走了,因为吃得太好了。你拿面包扔在它们的身上,它们都不屑一顾。到冬天,爱荷华大学的学生用棉花给它们在大树下絮了窝,它们就很舒服地躲在里面。它们不但是"寓公",简直像要永久定居了。动物的生活习性也是可以改变的。这些野鸭都长得极肥大,看起来和家鸭差不多。

在美国,汽车压死一只野鸭子是要罚钱的。高速公路上有一只野鸭子,汽车就得停下来,等它不慌不忙地横穿过去。

诗人保罗·安格尔的家（他家的门上钉了一块铜牌，下面一行是安格尔的姓，上面一行是两个隶书的中国字"安寓"，这一定是夫人聂华苓的主意）在一个小山坡上，下面即是公路。由公路到安寓也就是二百米。他家后面有一小块略为倾斜的空地。每天都有一些浣熊来拜访。给这些浣熊投放面包，成了安格尔的日课。安格尔七十九岁生日，我写了一首打油诗送给他，中有句云：

心闲如静水，

无事亦匆匆。

弯腰拾山果，

投食食浣熊。

聂华苓说："他就是这样，一天为这样的事忙忙叨叨。"浣熊有点像小熊猫，尾巴有节，但较短，颜色则有点像大熊猫，黑白相间，胖乎乎的，样子很滑稽。它们用前爪捧着面包片，忙忙地嚼啮，有时停下来，向屋里看两眼。我们和它们只隔了一扇安了玻璃的门，真是近在咫尺。除了浣熊，还有鹿。有时三只，四只，多的时候会有七只。安格尔喂它玉米粒，它们的"餐厅"地势较浣熊的略高，玉米粒均匀地撒在草地上。一般情况下，它们大都在下午光临。隔着窗户，可以静静地看它们半天。它们吃玉米粒，安格尔和我喝"波尔本"，彼此相安无事。离开汽车不断奔驰的公路只有两百米的地方有浣熊，有鹿，这在中国是不可想象的事。乌热尔图曾和安格尔开玩笑，说："我要是有一支枪，就可以打下一只鹿"，安格尔说："你拿枪打它，我就拿枪打你！"

美国的动物不知道怕人。我在爱荷华大学校园里看见一只野兔悠闲地穿过花圃，旁若无人。它不时还要停下来，四边看看。它是在看风景，不是看有没有"敌情"。

在斯勃凌菲尔德的林肯故居前草地看见一只松鼠走过。我在中国看到的松鼠总是窜来窜去，惊惊慌慌，随时作逃走的准备，像这样在平地上"走"

着的松鼠,还是头一次见到。

白宫前面草坪上有很多松鼠,有人用面包喂它们,松鼠即于人的手掌中就食,自来自去,对人了无猜疑。

在保护动物这一点上,我觉得美国人比咱们文明。他们是绝对不会用枪打死白天鹅的。

一九八八年十一月七日

王磐的《野菜谱》

我对王西楼很感兴趣。他是明代的散曲大家。我的家乡会出一个散曲作家,我总觉得是奇怪的事。王西楼写散曲,在我的家乡可以说是空前绝后,在他以前,他的同时和以后,都不曾听说有别的写散曲的。西楼名磐,字鸿渐,少时薄科举,不应试,在高邮城西筑楼居住,与当时文士谈咏其间,自号西楼。高邮城西濒临运河,王西楼的名曲《朝天子·咏喇叭》:"官船来往乱如麻,全仗你,抬声价",正是运河堤上所见。我小时还在堤上见过接送官船的"接官厅"。高邮很多人知道王西楼,倒不是因为他写散曲。我在亲戚家的藏书中没有见过一本《西楼乐府》,不少人甚至不知"散曲"为何物。大多数市民知道王西楼是个画家。高邮到现在还流传一句歇后语："王西楼嫁女儿——画（话）多银子少"。关于王西楼的画，有一些近乎神话似的传说，但是他的画一张也没有留下来。早就听说他还著了一部《野菜谱》，没有见过，深以为憾。近承朱延庆君托其友人于扬州师范学院图书馆所藏陶珽重编《说郛》中查到，影印了一册寄给我，快读一过，对王西楼增加了一分了解。

留心可以度荒的草木，绘成图谱，似乎是明朝人的一种风气。朱元璋的第五个儿子朱橚就曾搜集了可以充饥的草木四百余种，在自己的园圃里栽种，叫画工依照实物绘图，加了说明，编了一部《救荒本草》。王磐是个庶民，当然不能像朱橚那样雇人编绘卷帙繁浩的大书，编了，也刻不起。他的《野菜谱》只收了五十二种，不过那都是他目验、亲尝、自题、手绘的。而且多半是自己掏钱刻印的，——谁愿意刻这种无名利可图的杂书呢？他的用心是可贵的，也是感人的。

《野菜谱》卷首只有简单的题署：

野菜谱

高邮王鸿渐

无序跋，亦无刊刻的年月。我以为这书是可信的，这种书不会有人假冒。

五十二种野菜中，我所认识的只有：白鼓钉（蒲公英）、蒲儿根、马栏头、青蒿儿（即茵陈蒿）、枸杞头、野菉豆、蒌蒿、荠菜儿、马齿苋、灰条。其余的不但不识，连听都没听说过，如"燕子不来香""油灼灼"……。

《野菜谱》上文下图。文约占五分之三，图占五分之二。"文"，在菜名后有两三行说明，大都是采食的时间及吃法，如：

白鼓钉

一名蒲公英，四时皆有，唯极寒天小而可用，采之熟食。

后面是近似谣曲的通俗的乐府短诗，多是以菜名起兴，抒发感慨，嗟叹民生的疾苦。穷人吃野菜是为了度荒，没有为了尝新而挑菜的。我的家乡很穷，因为多水患，《野菜谱》几处提及，如：

眼子菜

眼子菜，如张目，年年盼春怀布谷，犹向秋来望时熟。何事频年俺不开，愁看四野波漂屋。

猫耳朵

猫耳朵，听我歌，今年水患伤田禾，仓廪空虚鼠弃窝，猫兮猫兮将奈何！

灾荒年月，弃家逃亡，卖儿卖女，是常见的事。《野菜谱》有一些小诗，写得很悲惨，如：

江　荠

江荠青青江水绿，江边挑菜女儿哭。爷娘新死兄趁熟，止存我与妹看屋。

抱娘蒿

抱娘蒿，结根牢，解不散，如漆胶。君不见昨朝儿卖客船上，儿抱娘哭不肯放。

读了这样的诗，我们可以理解王磐为什么要写《野菜谱》，他和朱橚编《救荒本草》的用意是不相同的。同时也让我们知道，王磐怎么会写出《朝天子·咏喇叭》那样的散曲。我们不得不想到一个多年来人们不爱用的一个词儿：人民性。我觉得王磐与和他被并称为"南曲之冠"的陈大声有所不同，陈大声不免油滑，而王磐的感情是诚笃的。

《野菜谱》的画不是作为艺术作品来画的，只求形肖。但是王磐是画家，昔人评其画品"天机独到"，原作绝不会如此的毫无笔力。《说郛》本是复刻的，刻工不佳，我非常希望能看到初刻本。

我觉得对王西楼的评价应该调高一些，这不是因为我是高邮人。

一九八九年七月三日

人间草木

山丹丹

我在大青山挖到一棵山丹丹。这棵山丹丹的花真多。招待我们的老堡垒户看了看,说:"这棵山丹丹有十三年了。"

"十三年了?咋知道?"

"山丹丹长一年,多开一朵花。你看,十三朵。"

山丹丹记得自己的岁数。

我本想把这棵山丹丹带回呼和浩特,想了想,找了把铁锹,把老堡垒户的开满了蓝色党参花的土台上刨了个坑,把这棵山丹丹种上了。问老堡垒户:

"能活?"

"能活。这东西,皮实。"

大青山到处是山丹丹。开七朵花、八朵花的,多的是。

>山丹丹花开花又落,
>
>一年又一年……

这支流行歌曲的作者未必知道,山丹丹过一年多开一朵花。唱歌的歌星就更不会知道了。

枸杞

枸杞到处都有。枸杞头是春天的野菜。采摘枸杞的嫩头,略焯过,切碎,与香干丁同拌,浇酱油醋香油;或入油锅爆炒,皆极清香。夏末秋初,开淡紫色小花,谁也不注意。随即结出小小的红色的卵形浆果,即枸杞子。我的家乡叫作狗奶子。

我在玉渊潭散步,在一个山包下的草丛里看见一对老夫妻弯着腰在找什么。他们一边走，一边搜索。走几步，停一停，弯腰。

"您二位找什么？"

"枸杞子。"

"有吗？"

老同志把手里一个罐头玻璃瓶举起来给我看，已经有半瓶了。

"不少！"

"不少！"

他解嘲似的哈哈笑了几声。

"您慢慢捡着！"

"慢慢捡着！"

看样子这对老夫妻是离休干部，穿得很整齐干净，气色很好。

他们捡枸杞子干什么？是配药？泡酒？看来都不完全是。真要是需要，可以托熟人从宁夏捎一点或寄一点来——听口音，老同志是西北人，那边肯定会有熟人。

他们捡枸杞子其实只是玩！一边走着，一边捡枸杞子，这比单纯的散步要有意思。这是两个童心未泯的老人，两个老孩子！

人老了，是得学会这样的生活。看来，这二位中年时也是很会生活，会从生活中寻找乐趣的。他们为人一定很好，很厚道。他们还一定不贪权势，甘于淡泊。夫妻间一定不会为柴米油盐、儿女婚嫁而吵嘴。

从钓鱼台到甘家口商场的路上，路西，有一家的门头上种了很大的一丛枸杞，秋天结了很多枸杞子，通红通红的，礼花似的，喷泉似的垂挂下来，一个珊瑚珠穿成的华盖，好看极了。这丛枸杞可以拿到花会上去展览。这家怎么会想起在门头上种一丛枸杞？

槐花

玉渊潭洋槐花盛开，像下了一场大雪，白得耀眼。来了放蜂的人。蜂箱都放好了，他的"家"也安顿了。一个刷了涂料的很厚的黑色的帆布棚子。里面打了两道土堰，上面架起几块木板，是床。床上一卷铺盖。地上排着油瓶、酱油瓶、醋瓶。一个白铁桶里已经有多半桶蜜。外面一个蜂窝煤炉子上坐着锅。一个女人在案板上切青蒜。锅开了，她往锅里下了一把干切面。不大会儿，面熟了，她把面捞在碗里，加了作料、撒上青蒜，在一个碗里舀了半勺豆瓣。一人一碗。她吃的是加了豆瓣的。

蜜蜂忙着采蜜，进进出出，飞满一天。

我跟养蜂人买过两次蜜，绕玉渊潭散步回来，经过他的棚子，大都要在他门前的树墩上坐一坐，抽一支烟，看他收蜜，刮蜡，跟他聊两句，彼此都熟了。

这是一个五十岁上下的中年人，高高瘦瘦的，身体像是不太好，他做事总是那么从容不迫，慢条斯理的。样子不像个农民，倒有点像一个农村小学校长。听口音，是石家庄一带的。他到过很多省，哪里有鲜花，就到哪里去。菜花开的地方，玫瑰花开的地方，苹果花开的地方，枣花开的地方。每年都到南方去过冬，广西、贵州。到了春暖，再往北翻。我问他是不是枣花蜜最好，他说是荆条花的蜜最好。这很出乎我的意料。荆条是个不起眼的东西，而且我从来没有见过荆条开花，想不到荆条花蜜却是最好的蜜。我想他每年收入应当不错，他说比一般农民要好一些，但是也落不下多少：蜂具，路费；而且每年要赔几十斤白糖——蜜蜂冬天不采蜜，得喂它糖。

女人显然是他的老婆。不过他们岁数相差太大了。他五十了，女人也就是三十出头。而且，她是四川人，说四川话。我问他：你们是怎么认识的？他说：她是新繁县人。那年他到新繁放蜂，认识了。她说北方的大米好吃，就跟来了。

有那么简单？也许她看中了他的脾气好，喜欢这样安静平和的性格？也许她觉得这种放蜂生活，东南西北到处跑，好耍？这是一种农村式的浪漫主义。四川女孩子做事往往很洒脱，想咋个就咋个，不像北方女孩子有那么多考虑。他们结婚已经几年了。丈夫对她好，她对丈夫也很体贴。她觉得她的选择没有错，很满意，不后悔。我问养蜂人：她回去过没有？他说：回去过一次，一个人。他让她带了两千块钱，她买了好些礼物送人，风风光光地回了一趟新繁。

一天，我没有看见女人，问养蜂人，她到哪里去了。养蜂人说：到我那大儿子家去了，去接我那大儿子的孩子。他有个大儿子，在北京工作，在汽车修配厂当工人。

她抱回来一个四岁多的男孩，带着他在棚子里住了几天。她带他到甘家口商场买衣服，买鞋，买饼干，买冰糖葫芦。男孩子在床上玩鸡啄米，她靠着被窝用钩针给他钩一顶大红的毛线帽子。她很爱这个孩子。这种爱是完全非功利的，既不是讨丈夫的欢心，也不是为了和丈夫的儿子一家搞好关系。这是一颗很善良，很美的心。孩子叫她奶奶，奶奶笑了。

过了几天，她把孩子又送了回去。

过了两天，我去玉渊潭散步，养蜂人的棚子拆了，蜂箱集中在一起。等我散步回来，养蜂人的大儿子开来一辆卡车,把棚柱、木板、煤炉、锅碗和蜂箱装好,养蜂人两口子坐上车,卡车开走了。

玉渊潭的槐花落了。

录音压鸟

听到一种鸟声："光棍好苦。"奇怪！这一带都是楼房，怎么会飞来一只"光棍好苦"呢？鸟声使我想起南方的初夏、雨声、绿。"光棍好苦"也叫"割麦插禾""媳妇好苦"。这种鸟的学名是什么，我一直没有弄清楚，也许是"四声杜鹃"吧。接着又听见布谷鸟的声音："咯咕，咯咕。"唔？我明白了：这是谁家把这两种鸟的鸣声录了音，在屋里放着玩哩——季节也不对，九十月不是"光棍好苦"和布谷叫的时候。听听鸟叫录音，也不错，不像摇滚乐那样吵人。不过他一天要放好多遍。一天下楼，又听见。我问邻居：

"这是谁家老放'光棍好苦'？"

"八层！养了一只画眉，'压'他那只鸟哪！"

过了几天，八层的录音又添了一段：母鸡下蛋：咯咯咯咯，咯咯咯咯，咯咯咯咯哒……

又过了几天，又续了一段：咪噢，咪噢。小猫。

我于是肯定，邻居的话不错。

培训画眉学习鸣声，北京叫作"压"鸟。"压"亦写作"押"。

北京人养画眉，讲究有"口"。有的画眉能有十三或十四套口，即能学十三四种叫声。比较一般的是苇咋子（一种小水鸟）、山喜鹊（蓝灰色）、大喜鹊，还有"伏天儿"（蝉之一种），鸣声如"伏天伏天……"，我一天和女儿在玉渊潭堤上散步，听见一只画眉学猫叫，学得真像，我女儿不禁笑出声来："这不是自己吓唬自己吗？"听说有一只画眉能学"麻雀争风"：两只麻雀，本来挺好，叫得很亲热；来了个第三者，跟母麻雀调情，公麻雀生气了，和第三者打了起来；结果是第三者胜利了，公麻雀被打得落荒而逃，母麻雀和第三者要好了，在一处叫得很亲热。一只画眉学三只鸟叫，还叫出了情节，我真有点不相信。可是养鸟的行家都说这是真事。听行家们说，压鸟得让画眉听真鸟，学山喜鹊就让它听山喜鹊，学苇咋子就听真苇咋子；其次，就是向别的有"口"的画眉学。北京养画眉的每天集中在一起，谓之"会鸟"，目的之一就是让画眉互相学习。靠听录音，是压不出来的！玉渊潭有一年飞来了一只"光棍好苦"，一只布谷，有一位，每天拿着录音机，追踪这两只鸟。我问养鸟的行家："他这是干什么？"——"想录下来，让画眉学——瞎掰！"

北京养画眉的大概有不少人想让画眉学会"光棍好苦"和布谷。不过成功的希望很少。我还没听到一只画眉有这一套"口"的。那位不辞辛苦跟踪录音的"主儿"也是不得已。"光棍好苦"和布谷北京极少来，来了，叫两天就飞走了。让画眉跟真的"光棍好苦"和布谷学，"没门儿！"

我们楼八层的小伙子（我无端地觉得这个养画眉的是个年轻人，一个生手）录的这四套"学习资料"，大概是跟别人转录来的。他看来急于求成，一天不知放多少遍录音。一天到晚，老听他的"光棍好苦""哈咕""咯咯咯咯哒""喵呜",不免有点叫人厌烦。好在,我有点幸灾乐祸地想,这套录音大概听不了几天了,他这只画眉是只"生鸟","压"不出来的。

我不反对画眉学别的鸟或别的什么东西的声音(有的画眉能学旧日北京推水的独轮小车吱吱扭扭的声音;有一阵北京抓社会治安,不少画眉学会了警车的尖厉的叫声,这种不上"谱"的叫声,谓之"脏口",养画眉的会一把抓出来,把它摔死)。也许画眉天生就有学这些声音的习性。不过,我认为还是让画眉"自觉自愿"地学习,不要灌输,甚至强迫。我担心画眉忙着学这些声音,会把它自己本来的声音忘了。画眉本来的鸣声是很好听的。让画眉自由地唱它自己的歌吧!

一九九一年十一月五日

花

荷　花

我们家每年要种两缸荷花，种荷花的藕不是吃的藕，要瘦得多，节间也长，颜色黄褐，叫作"藕秧子"。在缸底铺一层马粪，厚约半尺，把藕秧子盘在马粪上，倒进多半缸河泥，晒几天，到河泥坼裂有缝，倒两担水，将平缸沿。过个把星期，就有小荷叶嘴冒出来。过几天荷叶长大了。冒出花骨朵了。荷花开了，露出嫩黄的小莲蓬，很多很多花蕊。清香清香的。荷花好像说："我开了。"

荷花到晚上要收朵。轻轻地合成一个大骨朵。第二天一早，又放开。荷花收了朵，就该吃晚饭了。

下雨了。雨打在荷叶上啪啪地响。雨停了,荷叶面上的雨水水银似的摇晃。一阵大风,荷叶倾侧,雨水流泻下来。

荷叶的叶面为什么不沾水呢?

荷叶粥和荷叶粉蒸肉都很好吃。

荷叶枯了。

下大雪,荷花缸里落满了雪。

报春花·毋忘我

昆明报春花到处都有。圆圆的小叶子,柔软的细梗子,淡淡的紫红色的成簇的小花。田埂的两侧开得满满的,谁也不把它当作"花"。连根挖起来,种在浅盆里,能活。这就是翻译小说里常常提到的樱草。

偶然在北京的花店里看到十多盆报春花,种在青花盆里,标价相当贵,不禁失笑。昆明人如果看到,会说:这也卖?

Forget-me-not——毋忘我，名字很有诗意，花实在并不好看。草本，矮棵，几乎是贴地而生的。抽条颇多，一丛一丛的。灰绿色的布做的似的皱皱的叶子。花甚小，附茎而开，颜色正蓝。蓝得很正，就像国画颜色中的"三蓝"。花里头像这样纯正的蓝色的还很少见，——一般蓝色的花都带点紫。

为什么西方人把这种花叫作 Forget-me-not 呢？是不是思念是蓝色的？

昆明人不管它什么毋忘我，什么 Forget-me-not，叫它"狗屎花"！

这叫西方的诗人知道，将谓大煞风景。

绣球

绣球，周天民编绘的《花卉画谱》上说：

绣球，虎耳草科，落叶灌木，高达一二

丈，干皮带皱。叶大椭圆形，边缘有锯齿。春月开花，百朵成簇，如球状而肥大。小花五出深裂，瓣端圆，有短柄，其色有淡紫、红、白。百株成簇，俨如玉屏。

我始终没有分清绣球花的小花到底是几瓣，只觉得是分不清瓣的一个大花球。我偶尔画绣球，也是以意为之的画了很多簇在一起的花瓣，哪一瓣属于哪一朵小花，不管它！

绣球花是很好养的，不需要施肥，也不要浇水，不用修枝，也不长虫，到时候就开出一球一球很大的花，白得像雪，非常灿烂。这花是不耐细看的，只是赫然的在你眼前轻轻摇晃。

我以前看过的绣球都是白的。

我有个堂房的小姑妈——她比我才大一岁。绣球花开的时候，她就折了几大球，插在一个白瓷瓶里，她在花下面写小字。

她是订过婚的。

听说她婚后的生活很不幸，我那位姑父竟至动手打她。

前年听说，她还在，胖得不得了。

绣球花云南叫作"粉团花"。民歌里有用粉团花来形容女郎长得好看的。用粉团花来形容女孩子，别处的民歌里似还没有见过。

我看过的最好的绣球是在泰山。泰山人养绣球是一种风气。一个茶馆的院子里的石凳上放着十来盆绣球，开得极好。盆面一层厚厚的喝剩的茶叶。是不是绣球宜浇残茶？泰山盆栽的绣球花头较小，花瓣较厚，瓣作豆绿色。这样的绣球是可以细看的。

杜鹃花

淡淡的三月天，
杜鹃花开在山坡上，
杜鹃花开在小溪旁，
多美丽哦，

>　　乡村家的小姑娘，
>
>　　乡村家的小姑娘。

　　这是抗日战争期间昆明的小学生很爱唱的一首歌。董林肯词，徐守廉曲。这是一首曲调明快的抒情歌，很好听。不单小学生爱唱，中学生也爱唱，大学生也有爱唱的，因为一听就记住了。

　　董林肯和徐守廉是同济大学的学生，原来都是育才中学毕业的。育才中学是全面培养学生才能的，而且是实行天才教育的学校。学生多半有艺术修养。董林肯、徐守廉都是学工的（同济大学是工科大学），但都对艺术有很虔诚的兴趣，因此能写词谱曲。

　　我是怎么认识他们俩的呢？因为董林肯主办了班台莱耶夫的《表》的演出，约我去给演员化妆，我到同济大学的宿舍里去见他们，认识了。那时在昆明，只要有艺术上的共同爱好，有人一介绍，就会熟起来的。

　　董林肯为什么要主持《表》的演出？我想是由

于在昆明当时没有给孩子看的戏。他组织这次演出是很辛苦的，而且演戏总有些叫人头疼的事，但是还是坚持了下来。他不图什么，只是因为有一颗班台莱耶夫一样的爱孩子的心。

我记得这个戏的导演是劳元干。演员里我记得演监狱看守的是刺杀孙传芳的施剑翘的弟弟，他叫施什么我已经忘记了。他是个身材魁梧的胖子。我管化妆，主要是给他贴一个大仁丹胡子。有当时有中国秀兰·邓波儿之称的小明星，长大后曾参与搜集整理《阿诗玛》，现在写小说、散文的女作家刘绮。有一次，不知为什么，剧团内部闹了意见，戏几乎开不了场，刘绮在后台大哭。刘绮一哭，事情就解决了。

刘绮，有这回事么？

前几年我重到昆明，见到刘绮。她还能看出一点小时候的模样。不过，听说已经当了奶奶了。

不知道为什么，我有时还会想起董林肯和徐守廉。我觉得这是两个对艺术的态度极其纯真，像我前面所说的，虔诚的人。他们身上没有一点明星气、流氓气。这是两个通身都是书卷气的搞艺术的人。

淡淡的三月天，
杜鹃花开在山坡上，
杜鹃花开在小溪旁……

木香花

我的舅舅家有一架木香花。木香花开，我们就揪下几撮，——木香柄长，似海棠，梗蒂着枝，一揪，可揪下一撮，养在浅口瓶里，可经数日。

木香亦称"锦栅儿"，枝条甚长。从运河的御码头上船，到快近车逻，有一段，两岸全是木香，枝条伸向河上，搭成了一个长约一里的花棚。小轮船从花棚下开过，如同仙境。

前几年我回故乡一次，说起这一段运河两岸的木香花棚，谁也不知道。我有点怀疑：我是不是做梦？

昆明木香花极多。观音寺南面，有一道水渠，渠的两沿，密密的长了木香。

我和朱德熙曾于大雨少歇之际，到莲花池闲步。雨又下起来了，我们赶快到一个小酒馆避雨。要了两杯市酒（昆明的绿陶高杯，可容三两），一碟猪头肉，坐了很久。连日下雨，墙脚积苔甚厚。檐下的几只鸡都缩着一脚站着。天井里有很大的一棚木香花，把整个天井都盖满了。木香的花、叶、花骨朵，都被雨水湿透，都极肥壮。

四十年后，我写了一首诗，用一张毛边纸写成一个斗方，寄给德熙：

莲花池外少行人，
野店苔痕一寸深。
浊酒一杯天过午，
木香花湿雨沉沉。

德熙很喜欢这幅字，叫他的儿子托了托，配一个框子,挂在他的书房里。

德熙在美国病逝快半年了,这幅字还挂在他在北京的书房里。

一九九三年一月二十九日

昆虫备忘录

复　眼

我从小学三年级《自然》教科书上知道蜻蜓是复眼，就一直捉摸复眼是怎么回事。"复眼"，想必是好多小眼睛合成一个大眼睛。那它怎么看呢？是每个小眼睛都看到一个小形象，合成一个大形象？还是每个小眼睛看到形象的一部分，合成一个完全形象？捉摸不出来。

凡是复眼的昆虫，视觉都很灵敏。麻苍蝇也是复眼，你走近蜻蜓和麻苍蝇，还有一段距离，它就发现了，嗡——，飞了。

我曾经想过：如果人长了一对复眼？

还是不要！那成什么样子！

蚂　蚱

河北人把尖头绿蚂蚱叫"挂大扁儿"。西河大鼓里唱道:"挂大扁儿甩子在那荞麦叶儿上",这句唱词有很浓的季节感。为什么叫"挂大扁儿"呢?我怪喜欢"挂大扁儿"这个名字。

我们那里只是简单地叫它蚂蚱。一说蚂蚱,就知道是指尖头绿蚂蚱。蚂蚱头尖,徐文长曾觉得它的头可以蘸了墨写字画画,可谓异想天开。

尖头蚂蚱是国画家很喜欢画的,画草虫的很少没有画过蚂蚱。齐白石、王雪涛都画过。我小时也画过不少张,只为它的形态很好掌握,很好画,——画纺织娘,画蝈蝈,就比较费事。我大了以后,就没有画过蚂蚱。前年给一个年轻的牙科医生画了一套册页,有一开里画了一只蚂蚱。

蚂蚱飞起来会格格作响,不知道它是怎么弄出这种声音的。蚂蚱有鞘翅,鞘翅里有膜翅。膜翅是淡淡的桃红色的,很好看。

我们那里还有一种"土蚂蚱"，身体粗短，方头，色黑如泥土，翅上有黑斑。这种蚂蚱，捉住它，它就吐出一泡褐色的口水，很讨厌。

天津人所说的"蚂蚱"，实是蝗虫。天津的"烙饼卷蚂蚱"，卷的是焙干了的蝗虫肚子，河北省人嘲笑农民谈吐不文雅，说是"蚂蚱打喷嚏——满嘴的庄稼气"。说的也是蝗虫。蚂蚱还会打喷嚏？这真是"糟改"庄稼人！

小蝗虫名蝻。有一年，我的家乡闹蝗虫，在这以前，大街上一街蝗蝻乱蹦，看着真是不祥。

花大姐

瓢虫款款地落下来了，折好它的黑绸衬裙——膜翅，顺顺溜溜；收拢硬翅，严丝合缝。瓢虫是做得最精致的昆虫。

"做"的？谁做的？

上帝。

上帝？

上帝做了一些小玩意儿，给他的小外孙女儿玩。

上帝的外孙女儿？

哦。上帝说："给你！好看吗？"

"好看！"

上帝的外孙女儿？

对！

瓢虫是昆虫里面最漂亮的。

北京人叫瓢虫为"花大姐"，好名字！

瓢虫，朱红的，瓷漆似的硬翅，上有黑色的小圆点。圆点是有定数的，不能瞎点。黑色，叫作"星"。有七星瓢虫、十四星瓢虫……星点不同，瓢虫就分为两大类。一类是吃蚜虫的，是益虫；一类是吃马铃薯的嫩叶的，是害虫。我说吃马铃薯嫩叶的瓢虫，你们就不能改改口味，也吃蚜虫吗？

独角牛

吃晚饭的时候,嗡——扑!飞来一只独角牛,摔在灯下。它摔得很重,摔晕了。轻轻一捏,就捏住了。

独角牛是硬甲壳虫,在甲虫里可能是最大的,从头到脚,约有二寸。甲壳铁黑色,很硬,头部尖端有一只犀牛一样的角。这家伙,是昆虫里的霸王。

独角牛的力气很大。北京隆福寺过去有独角牛卖。给它套上一辆泥制的小车,它就拉着走。

北京管这个大力士好像也叫作独角牛。学名叫什么,不知道。

磕头虫

我抓到一只磕头虫。北京也有磕头虫?我觉得很惊奇。我拿给我的孩子看，以为他们不认识。

"磕头虫。我们小时候玩过。"

哦。

磕头虫的脖子不知道怎么有那么大的劲，把它的肩背按在桌面上，它就吧答吧答地不停地磕头。把它仰面朝天放着，它运一会气，脖子一挺，就反弹得老高，空中转体，正面落地。

蝇　虎

蝇虎，我们那里叫作苍蝇子，形状略似蜘蛛而长，短脚，灰黑色，有细毛，趴在砖墙上，不注意是看不出来的。蝇虎的动作很快，苍蝇落在它面前，还没有站稳，已经被它捕获，来不及嘤地叫上一声，就进了蝇虎子的口了。蝇虎的食量惊人，一只苍蝇，眨眼之间就吃得只剩一张空皮了。

苍蝇是很讨厌的东西，因此人对蝇虎有好感，不伤害它。

捉一只大金苍蝇喂蝇虎子,看着它吃下去,是很解气的。蝇虎子对送到它面前的苍蝇从来不拒绝。这蝇虎子不怕人。

狗　蝇

世界上最讨厌的东西是狗蝇。狗蝇钻在狗毛里叮狗,叮得狗又疼又痒,烦躁不堪,发疯似的乱蹦,乱转,乱骂人——叫。

一九九三年二月二日

果园的收获

这是一个地区性的综合的农业科学研究所的供实验研究用的果园,规模不大,但是水果品种颇多。有些品种是外面见不到的。

山西、张家口一带把苹果叫果子。不是所有的水果都叫果子,只有苹果叫果子。有个山西梆子唱"红"(即老生)的演员叫丁果仙,山西人称她为"果子红"(她是女的)。山西人非常喜爱果子红,听得过瘾,就大声喊叫"果果!",这真是有点特别,给演员喝彩,不是鼓鼓掌,或是叫一声"好"而是大叫"果果!",我还没有见过。叫"果果",大概因为丁果仙的嗓音唱法甜、美、浓、脆。

这个实验果园一般的苹果都有,有的品种,黄元帅、金皇后、黄魁、红香蕉……这些都比较名贵，但我觉得都有点贵族气，果肉过于细腻，而且过于偏甜。水果品种栽培各论，记录水果的特点，大都说是"酸甜合度"，怎么叫"合度"，很难捉摸。我比较喜欢的是国光、红玉，因为它有点酸头。我更喜欢国光，因果肉脆，一口咬下去，嘎叭一声，而且耐保鲜，因为果皮厚，果汁不易蒸发。秋天收的国光，储存到过春节，从地窖里取出来，还是像新摘的一样。

我在果园劳动的时候，"红富士"还没有，后来才引进推广。"红富士"固自佳，现在已经高踞苹果的榜首。

有人警告过我，在太原街上，千万不能说果子红不好。只要说一句，就会招了一大群人围上来和你辩论。碰不得的！

果园品种最多的是葡萄，大概有四十几种。"柔丁香""白香蕉"是名种。"柔丁香"有丁香香味，"白香蕉"味如香蕉，这在市面上买不到，是每年留下来给"首长"送礼的。有些品种听名字就知道是从国外引进的:"黑罕""巴勒斯坦""白拿破仑"……有些最初也是外来的(葡萄本都是外来的,但在中国落户已久,曹操就作文赞美过葡萄),日子长了,名字也就汉化了,如"大粒白""马奶子""玫瑰香",甚至连它们的谱系也难于查考了。葡萄的果粒大小形状各异。"玫瑰香"的果枝长,显得披头散发;有一种葡萄,我忘记了叫什么名字了,果粒小而密集,一粒一粒挤得紧紧的,一穗葡萄像一个白马牙老玉米棒子。葡萄里我最喜欢的还是玫瑰香,确实有一股玫瑰花的香味,入口浓甜。现在市上能买到的"玫瑰香"已退化失真。

葡萄喜肥,喜水。施的肥是大粪。挨着葡萄根,在后面挖一个长槽,把粪倒入进去。一棵大葡萄得倒三四桶,小棵的一桶也够了。"农家肥"之外,还得下人工肥,硫氨。葡萄喝水,像小孩子喝奶一样,使劲地嘬。葡萄藤中通有小孔,水可从地面一直吮到藤顶,你简直可以听到它吸水的声音。喝足了水,用小刀划破它一点皮,水就从皮破处沁出滴下。一般果树浇水,都是在树下挖一个"树碗",浇一两担水就足矣,葡萄则是"漫灌"。这家伙,真能喝水!

有一年,结了一串特大的葡萄,"大粒白"。大粒白本来就结得多,多的可达七八斤。这串大粒白竟有二十四五斤。原来是一个技术员把两穗"靠接"在一起了。这串葡萄只能作展览用。大粒白果大如乒乓球,但不好吃。为了给这串葡萄增加营养,竟给它注射了葡萄糖!给葡萄注射葡萄糖,这简直是胡闹。

葡萄一天一个样,一天一天接近成熟,再给它透透地浇一水,喷一次波尔多液(葡萄要喷多次波尔多液——硫酸铜兑石灰水,为了防治病害),给它喝一口"离娘奶",备齐果筐、剪子,就可以收葡萄了,葡萄装筐,要压紧。得几个壮汉跳上去压。葡萄不怕压,怕压不紧,怕松。装筐装松了,一晃逛,就会破皮掉粒。水果装筐都是这样。

最怕葡萄收获的时候下雹子。有一年,正在葡萄透熟的时候下了一场很大的雹子,"蛋打一条线"——山西、张家口称雹子为"冷蛋",齐刷刷地把整园葡萄都打落下来,满地狼藉,不可收拾。干了一年,落得这样的结果,真是叫人伤心。

梨之佳种为"二十世纪明月",为"日面红"。"二十世纪明月"个儿不大,果皮玉色,果肉细,无渣,多汁,果味如蜜。"日面红"朝日的一面色如胭脂,背阳的一面微绿,入口酥脆。其他大部分是鸭梨。

杏树不甚为人重视,只于地头、"四基"、水边、路边种之。杏怕风。一树杏花开得正热闹,一阵大风,零落殆尽。农科所杏多为黄杏,"香白杏""杏儿——吧哒"没有。

我一九五八年在果园劳动,距今已经三十八年。前十年曾到农科所看了看,熟人都老了。在渠沿碰到张素花和刘美兰,我们以前是天天在一起劳动的。我叫她们,刘美兰手搭凉篷,眯了眼,问:"是不是个老汪?"问刘美兰现在还老跟丈夫打架吗

（两口子过去老打），她说："俇（她是柴沟堡人，"我"字念成"俇"）都当了奶奶了！"

日子过得真快。

一九九六年四月九日

古都残梦

——胡同

胡同是北京特有的。胡同的繁体字是"衚衕"。为什么叫作"胡同"？说法不一。多数学者以为是蒙古话，意思是水井。我在呼和浩特听一位同志说，胡同即蒙语的"忽洞"，指两边高中间低的狭长地形。呼市对面的武川县有地名乌兰忽洞。这是蒙古话，大概可以肯定。那么这是元大都以后才有的。元朝以前，汴梁、临安都没有。

《梦粱录》《东京梦华录》等书都没有胡同字样。有一位好作奇论的专家认为这是汉语，古书里就有近似的读音。他引经据典，作了考证。我觉得未免穿凿附会。

北京城是一个四方四正的城，街道都是正东正西，正南正北。北京只有几条斜街，如烟袋斜街、李铁拐斜街、杨梅竹斜街。北京人的方位感特强。你向北京人问路，他就会告诉你路南还是路北。过去拉洋车的，到拐弯处就喊叫一声"东去！""西去！"老两口睡觉，老太太嫌老头挤着她了，说："你往南边去一点！"

沟通这些正东正西正南正北的街道的，便是胡同。胡同把北京这块大豆腐切成了很多小豆腐块。北京人就在这些一小块一小块的豆腐里活着。北京有多少条胡同？"有名的胡同三千六，没名的胡同赛牛毛。"

胡同有大胡同，如东总布胡同；有很小的，如耳朵眼胡同。一般说的胡同指的是小胡同，"小胡同，小胡同"嘛！

胡同的得名各有来源。有的是某种行业集中的地方，如手帕胡同，当初大概是专卖手绢的地方；头发胡同大概是卖假发的地方。有的是皇家储存物料的地方，如惜薪司胡同（存宫中需要的柴炭），皮库胡同（存裘皮）。有的是这里住过一个什么名人，如无量大人胡同，这位大人也怪，怎么叫这么个名字；石老娘胡同，这里住过一个老娘——接生婆，想必这老娘很善于接生；大雅宝胡同据说本名大哑巴胡同，是因为这里曾住过一个哑巴。有的是肖形，如高义伯胡同，原来叫狗尾巴胡同；羊宜宾胡同原来叫羊尾巴胡同。有的胡同则不知何所取意，如大李纱帽胡同。有的胡同不叫胡同，却叫作一个很雅致的名称，如齐白石曾经住过的"百花深处"。其实这里并没有花，一进胡同是一个公共厕所！

胡同里的房屋有一些是曾经很讲究的，有些人家的大门上钉着门钹，门前有拴马桩、上马石，记述着往昔的繁华。但是随着岁月风雨的剥蚀，门钹已经不成对，拴马桩、上马石都已成为浑圆的、棱角线条都模糊了。现在大多数胡同已经成为"陋巷"。

胡同里是安静的。偶尔有磨剪子磨刀的"惊闺"（十来个铁片穿成一串，摇动作响）的声音，算命的盲人吹的短笛的声音，或卖硬面饽饽的苍老的吆唤——"硬面儿饽——阿饽！"。"山静似太古，日长如小年",时间在这里又似乎是不流动的。

　　胡同居民的心态是偏于保守的,他们经历了朝代更迭,"城头变幻大王旗",谁掌权,他们都顺着,像《茶馆》里的王掌柜的所说:"当了一辈子的顺民。"他们安分守己,服服帖帖。老北京人说:"穷忍着,富耐着,睡不着眯着。""睡不着眯着",真是北京人的非常精粹的人生哲学。永远不烦躁,不起急,什么事都"忍"着。胡同居民对物质生活的要求不高。蒸一屉窝头,熬一锅虾米皮白菜,来一碟臭豆腐,一块大腌萝卜,足矣。我认识一位老北京,他每天晚上都吃炸酱面,吃了几十年炸酱面。喔,胡同里的老北京人,你们就永远这样活下去吗?

北京的秋花

桂　花

桂花以多为胜。《红楼梦》薛蟠的老婆夏金桂家"单有几十顷地种桂花",人称"桂花夏家"。"几十顷地种桂花",真是一个大观!四川新都桂花甚多。杨升庵祠在桂湖,环湖植桂花,自山坡至水湄,层层叠叠,都是桂花。我到新都谒升庵祠,曾作诗:

桂湖老桂发新枝,
湖上升庵旧有祠。
一种风流谁得似,
状元词曲罪臣诗。

杨升庵是才子，以一甲一名中进士，著作有七十种。他因"议大礼"获罪，充军云南，七十余岁，客死于永昌。陈老莲曾画过他的像，"醉则簪花满头"，面色酡红，是喝醉了的样子。从陈老莲的画像看，升庵是个高个儿的胖子。但陈老莲恐怕是凭想象画的，未必即像升庵。新都人为他在桂湖建祠，升庵死若有知，亦当欣慰。

北京桂花不多，且无大树。颐和园有几棵，没有什么人注意。我曾在藻鉴堂小住，楼道里有两棵桂花，是种在盆里的，不到一人高！

我建议北京多种一点桂花。桂花美荫，叶坚厚，入冬不凋。开花极香浓，干制可以做元宵馅、年糕。既有观赏价值，也有经济价值，何乐而不为呢？

菊　花

秋季广交会上摆了很多盆菊花。广交会结束了，菊花还没有完全开残。有一个日本商人问管理人员："这些花你们打算怎么处理?"答云："扔了!"——"别扔,我买。"他给了一点钱,把开得还正盛的菊花全部包了,订了一架飞机,把菊花从广州空运到日本,张贴了很大的海报："中国菊展"。卖门票,参观的人很多。他捞了一大笔钱。这件事叫我有两点感想:一是日本商人真有商业头脑,任何赚钱的机会都不放过,我们的管理人员是老爷,到手的钱也抓不住。二是中国的菊花好,能得到日本人的赞赏。

中国人长于艺菊,不知始于何年,全国有几个城市的菊花都负盛名,如扬州、镇江、合肥,黄河以北,当以北京为最。

菊花品种甚多,在众多的花卉中也许是最多的。

首先,有各种颜色。最初的菊大概只有黄色的。"鞠有黄华""零落黄花满地金","黄华"和菊花是同义词。后来就发展到什么颜色都有了。黄色的、白色的、紫的、红的、粉的,都有。挪威的散文家别伦·别尔生说各种花里只有菊花有绿色的,也不尽然,牡丹、芍药、月季都有绿的,但像绿菊那样绿得像初新的嫩蚕豆那样,确乎是没有。我几年前回乡,在公园里看到一盆绿菊,花大盈尺。

其次,花瓣形状多样,有平瓣的、卷瓣的、管状瓣的。在镇江焦山见过一盆"十丈珠帘",细长的管瓣下垂到地,说"十丈"当然不会,但三四尺是有的。

北京菊花和南方的差不多,狮子头、蟹爪、小鹅、金背大红……南北皆相似,有的连名字也相同。如一种浅红的瓣,极细而卷曲如一头乱发的,上海人叫它"懒梳妆",北京人也叫它"懒梳妆",因为得其神韵。

有些南方菊种北京少见。扬州人重"晓色",谓其色如初日晓云,北京似没有。"十丈珠帘",我在北京没见过。"枫叶芦花",紫平瓣,有白色斑点,也没有见过。

我在北京见过的最好的菊花是在老舍先生家里。老舍先生每年要请北京市文联、文化局的干部到他家聚聚,一次是腊月,老舍先生的生日(我记得是腊月二十三);一次是重阳节左右,赏菊。老舍先生的哥哥很会莳弄菊花。花很鲜艳;菜有北京特点(如芝麻酱炖黄花鱼、"盒子菜");酒"敞开供应",既醉既饱,至今不忘。

我不赞成搞菊山菊海,让菊花都按部就班,排排坐,或挤成一堆,闹闹嚷嚷。菊花还是得一棵一棵地看,一朵一朵地看。更不赞成把菊花缚扎成龙、成狮子,这简直是糟蹋了菊花。

秋葵、鸡冠、凤仙、秋海棠

秋葵我在北京没有见过,想来是有的。秋葵是很好种的,在篱落、石缝间随便丢几个种子,即可开花。或不烦人种,也能自己开落。花瓣大、花浅黄,淡得近乎没有颜色,瓣有细脉,瓣内侧近花心处有紫色斑。秋葵风致楚楚,自甘寂寞。不知道为什么,秋葵让我想起女道士。秋葵亦名鸡脚葵,以其叶似鸡爪。

我在家乡县委招待所见一大丛鸡冠花，高过人头，花大如扫地笤帚，颜色深得吓人一跳。北京鸡冠花未见有如此之粗野者。

凤仙花可染指甲，故又名指甲花。凤仙花捣烂，少入矾，敷于指尖，即以凤仙叶裹之，隔一夜，指甲即红。凤仙花茎可长得很粗，湖南人或以入臭坛腌渍，以佐粥，味似臭苋菜杆。

秋海棠北京甚多，齐白石喜画之。齐白石所画，花梗颇长，这在我家那里叫作"灵芝海棠"。诸花多为五瓣，唯秋海棠为四瓣。北京有银星海棠，大叶甚坚厚，上洒银星，秆亦高壮，简直近似木本。我对这种孙二娘似的海棠不大感兴趣。我所不忘的秋海棠总是伶仃瘦弱的。我的生母得了肺病，怕"过人"——传染别人，独自卧病，在一座偏房里，我们都叫那间小屋为"小房"。她不让人去看她，我的保姆要抱我去让她看看，她也不同意。因此我对我的母亲毫无印象。她死后，这间"小房"成了堆放她的嫁妆的储藏室，成年锁着。我的继母偶尔打开，取一两件东西，我也跟了进去。"小房"外面有一个小天井，靠墙有一个秋叶形的小花坛，不知道是谁种了两三棵秋海棠，也没有人管它，它在秋天竟也开花。花色苍白，样子很可怜。不论在哪里，我每看到秋海棠，总要想起我的母亲。

黄栌、爬山虎

霜叶红于二月花。

西山红叶是黄栌，不是枫树。我觉得不妨种一点枫树，这样颜色更丰富些。日本枫娇红可爱，可以引进。

近年北京种了很多爬山虎，入秋，爬山虎叶转红。

沿街的爬山虎红了。

北京的秋意浓了。

一九九六年中秋

草木春秋

木芙蓉

浙江永嘉多木芙蓉。市内一条街边有一棵，干粗如电线杆，高近二层楼，花多而大，他处少见。楠溪江边的村落，村外、路边的茶亭（永嘉多茶亭，供人休息、喝茶、聊天）檐下，到处可以看见芙蓉。芙蓉有一特别处，红白相间。初开白色，渐渐一边变红，终至整个的花都是桃红的。花期长，掩映于手掌大的浓绿的叶丛中，欣然有生意。

我曾向永嘉市领导建议，以芙蓉为永嘉市花，市领导说永嘉已有市花，是茶花。后来听说温州选定茶花为温州市花，那么永嘉恐怕得让一让。永嘉让出茶花，永嘉市花当另选。那么，芙蓉被选中，还是有可能的。

永嘉为什么种那么多木芙蓉呢？问人，说是为了打草鞋。芙蓉的树皮很柔韧结实，剥下来撕成细条，打成草鞋，穿起来很舒服，且耐走长路，不易磨通。

现在穿树皮编的草鞋的人很少了，大家都穿塑料凉鞋、旅游鞋。但是到处都还在种木芙蓉，这是一种习惯。于是芙蓉就成了永嘉城乡一景。

南瓜子豆腐和皂角仁甜菜

在云南腾冲吃了一道很特别的菜。说豆腐脑不是豆腐脑，说鸡蛋羹不是鸡蛋羹。滑、嫩、鲜，色白而微微带点浅绿，入口清香。这是豆腐吗？是的，但是用鲜南瓜子去壳磨细"点"出来的。很好吃。中国人吃菜真能别出心裁，南瓜子做成豆腐，不知是什么朝代，哪一位美食家想出来的！

席间还有一道甜菜,冰糖皂角米。皂角我的家乡颇多。一般都用来泡水,洗脸洗头,代替肥皂。皂角仁蒸熟,妇女绣花,把绒在皂仁上"光"一下,绒不散,且光滑,便于入针。没有吃它的。到了昆明,才知道这东西可以吃。昆明过去有专卖蒸菜的饭馆,蒸鸡、蒸排骨,都放小笼里蒸,小笼垫底的是皂角仁,蒸得了晶莹透亮,嚼起来有韧劲,好吃。比用红薯、土豆衬底更有风味。但知道可以做甜菜,却是在腾冲。这东西很滑,进口略不停留,即入肠胃。我知道皂角仁的"物性",警告大家不可多吃。一位老兄吃得口爽,弄了一饭碗,几口就喝了。未及终席,他就奔赴厕所,飞流直下起来。

皂角仁卖得很贵,比莲子、桂圆、西米都贵,只有卖干果、山珍的大食品店才有得卖,普通的副食店里是买不到的。

近几年时兴"皂角洗发膏",皂角恢复了原来的功能,这也算是"以故为新"吧。

车前子

车前子的样子很有趣。叶贴地而长，近卵形，有长柄。在自由伸向四面的叶丛中央抽出细长的花梗，顶端有穗形花序，直立着。穗不多，少的只有一穗。画家常画之为点缀。程十发即喜画。动画片中好像少不了它。不知道为什么，这东西有一种童话情趣。

车前子可利小便，这是很多农民都知道的。

张家口的山西梆子剧团有一个唱"红"（老生）的演员，经常在几县的"堡"（张家口人称镇为"堡"）演唱，不受欢迎，农民给他起了个外号："车前子"。怎么给他起了这么个外号呢？因为他一出台，农民观众即纷纷起身上厕所，这位"红"利小便。

这位唱"红"的唱得起劲，观众就大声喊叫："快去，快，赶紧拿咸菜！"这又是怎么回事呢？吃白薯吃得太多了，烧心反胃，嚼一块咸菜就好了。

这位演员的嗓音叫人听起来烧心。

农民有时是很幽默的。

搞艺术的人千万不能当"车前子",不能叫人烧心反胃。

一九九六年十月二十八日

猫

我不喜欢猫。

我的祖父有一只大黑猫。这只猫很老了,老得懒得动,整天在屋里趴着。

从这只老猫我知道猫的一些习性:

猫念经。猫不知道为什么整天"念经",整天呜噜呜噜不停。这呜噜呜噜的声音不知是从哪里发出来的,怎么发出来的。不是从喉咙里,像是从肚子里发出的。呜噜呜噜……真是奇怪。别的动物没有这样不停地念经的。

猫洗脸。我小时洗脸很马虎,我的继母说我是猫洗脸。猫为什么要"洗脸"呢?

猫盖屎。北京人把做了见不得人的事想遮掩而又遮不住,叫"猫盖屎"。猫怎么知道拉了屎要盖起来的？谁教给它的？——母猫，猫的妈？

我的大伯父养了十几只猫。比较名贵的是玳瑁猫——有白、黄、黑色的斑块。如是狮子猫，即更名贵。其他的猫也都有品，如"铁棒打三桃"——白猫黑尾，身有三块桃形的黑斑；"雪里拖枪"；黑猫、白猫、黄猫、狸猫……

我觉得不论叫什么名堂的猫，都不好看。

只有一次，在昆明，我看见过一只非常好看的小猫。

这家姓陈，是广东人。我有个同乡，姓朱，在轮船上结识了她们，母亲和女儿，攀谈起来。我这同乡爱和漂亮女人来往。她的女儿上小学了。女儿很喜欢我，爱跟我玩。母亲有一次在金碧路遇见我们，邀我们上她家喝咖啡。我们去了。这位母亲已经过了三十岁了，人很漂亮，身材高高的，腿很长。她看人眼睛眯眯的，有一种恍恍惚惚的成熟的美。她斜靠在长沙发的靠枕上，神态有点慵懒。在她脚边不远的地方，有一个绣墩，绣墩上一个墨绿色软缎圆垫上卧着一只小白猫。这猫真小，连头带尾只有五六寸，雪白的，白得像一团新雪。这猫也是懒懒的，不时睁开蓝眼睛顾盼一下，就又闭上了。屋里有一盆很大的素心兰，开得正好。好看的女人、小白猫、兰花的香味，这一切是一个梦境。

猫的最大的劣迹是交配时大张旗鼓地嚎叫。有的地方叫作"猫叫春"，北京谓之"闹猫"。不知道是由于快感或痛感，郎猫女猫（这是北京人的说法，一般地方都叫公猫、母猫）一递一声，叫起来没完，其声凄厉，实在讨厌。鲁迅"仇猫"，良有以也。有一老和尚为其叫声所扰，以至不能入定，乃作诗一首。诗曰：

春叫猫儿猫叫春，
看他越叫越来神。
老僧亦有猫儿意，
不敢人前叫一声。

一九九七年三月二十三日

下大雨

雨真大。下得屋顶上起了烟。大雨点落在天井的积水里砸出一个一个丁字泡。我用两手捂着耳朵,又放开,听雨声:呜——哇;呜——哇。下大雨,我常这样听雨玩。

雨打得荷花缸里的荷叶东倒西歪。

在紫薇花上采蜜的大黑蜂钻进了它的家。它的家是在橡子上用嘴咬出来的圆洞,很深。大黑蜂是一个"人"过的。

紫薇花湿透了,然而并不被雨打得七零八落。

麻雀躲在檐下,歪着小脑袋。

蜻蜓倒吊在树叶的背面。

哈,你还在呀!一只乌龟。这只乌龟是我养的。我在龟甲边上钻了一个洞,用麻绳系住了它,拴在柜橱脚上。有一天,不见了。它不知怎么跑出去了。原来它藏在老墙下面一块断砖的洞里。下大雨,它出来了。它昂起脑袋看雨,慢慢地爬到天井的水里。

草木虫鱼鸟兽

雁

"爬山调":"大雁南飞头朝西……"

诗人韩燕如告诉我,他曾经用心观察过,确实是这样。他惊叹草原人民对生活的观察的准确而细致。他说:"生活!生活!……"

为什么大雁南飞要头朝着西呢?草原上的人说这是依恋故土。"爬山调"是用这样的意思作比喻和起兴的。

"大雁南飞头朝西……"

河北民歌:"八月十五雁门开,孤雁头上带霜来……"

"孤雁头上带霜来",这写得多美呀!

琥　珀

我在祖母的首饰盒子里找到一个琥珀扇坠。一滴琥珀里有一只小黄蜂。琥珀是透明的,从外面可以清清楚楚地看到黄蜂。触须、翅膀、腿脚,清清楚楚,形态如生,好像它还活着。祖母说,黄蜂正在乱动,一滴松脂滴下来,恰巧把它裹住。松脂埋在地下好多年,就成了琥珀。祖母告诉我,这样的琥珀并非罕见,值不了多少钱。

后来我在一个宾馆的小卖部看到好些人造琥珀的首饰。各种形状的都有,都琢治得很规整,里面也都压着一个昆虫。有一个项链上的淡黄色的琥珀片里竟压着一只蜻蜓。这些昆虫都很完整,不缺腿脚,不缺翅膀,但都是僵直的,缺少生气。显然这些昆虫是弄死了以后,精心地,端端正正地压在里面的。

我不喜欢这种里面压着昆虫的人造琥珀。

我的祖母的那个琥珀扇坠之所以美,是因为它是偶然形成的。

美,多少要包含一点偶然。

瓢　虫

瓢虫有好几种,外形上的区别在鞘翅上有多少黑点。这种黑点,昆虫学家谓之"星"。有七星瓢虫、十四星瓢虫、二十星瓢虫……有的瓢虫是益虫,它吃蚜虫,是蚜虫的天敌;有的瓢虫是害虫,吃马铃薯的嫩芽。

瓢虫的样子是差不多的。

中国画里很早就有画瓢虫的了。通红的一个圆点,在绿叶上,很显眼,使画面增加了生趣。

齐白石爱画瓢虫。他用藤黄涂成一个葫芦,上面栖息了一只瓢虫,对比非常鲜明。王雪涛、许麟庐都画过瓢虫。

谁也没有数过画里的瓢虫身上有几个黑点，指出这只瓢虫是害虫还是益虫。

科学和艺术有时是两回事。

瓢虫像一粒用砯漆制成的小玩意。

北京的孩子（包括大人）叫瓢虫为"花大姐"，这个名字很美。

螃　蟹

螃蟹的样子很怪。

《梦溪笔谈》载：关中人不识螃蟹。有人收得一只干蟹，人家病疟，就借去挂在门上——中国过去相信生疟疾是由于疟鬼作祟。门上挂了一只螃蟹，疟鬼不知道这是什么玩意，就不敢进门了。沈括说：不但人不识，鬼亦不识也。"不但人不识，鬼亦不识也"，这说得很幽默！

在拉萨八角街一家卖藏药的铺子里看到一只小螃蟹，蟹身只有拇指大，金红色的，已经干透了，放在一只盘子里。大概西藏人也相信这只奇形怪状的虫子有某种魔力，是能治病的。

螃蟹为什么要横着走呢？

螃蟹的样子很凶恶，很奇怪，也很滑稽。

凶恶和滑稽往往近似。

豆　芽

朱小山去点豆子。地埂上都点了，还剩一把，他懒得带回去，就搬起一块石头，把剩下的豆子都塞到石头下面。过了些日子，朱小山发现：石头离开地面了。豆子发了芽，豆芽把石头顶起来了。朱小山非常惊奇。

朱小山为这件事惊奇了好多年。他跟好些人讲起过这件事。

有人问朱小山："你老说这件事是什么意思？是要说明一种什么哲学吗？"

朱小山说："不，我只是想说说我的惊奇。"

过了好些年，朱小山成了一个知名的学者，他回他的家乡去看看。他想找到那块石头。

他没有找到。

落　叶

漠漠春阴柳未青，
冻云欲湿上元灯。
行过玉渊潭畔路，
去年残叶太分明。

汽车开过湖边，
带起一群落叶。
落叶追着汽车，
一直追得很远。
终于没有力气了，
又纷纷地停下了。
"你神气什么？

还的的地叫!"

"甭理它。

咱们讲故事。"

"秋天,

早晨的露水……"

啄木鸟

啄木鸟追逐着雌鸟,
红胸脯发出无声的喊叫,
它们一翅飞出树林,
落在湖边的柳梢。
不知从哪里钻出一个孩子,
一声大叫。
啄木鸟吃了一惊,
他身边已经没有雌鸟。
不一会树林里传出啄木的声音,
他已经忘记了刚才的烦恼。

北京人的遛鸟

遛鸟的人是北京人里头起得最早的一拨。每天一清早,当公共汽车和电车首班车出动时,北京的许多园林以及郊外的一些地方空旷、林木繁茂的去处,就已经有很多人在遛鸟了。他们手里提着鸟笼,笼外罩着布罩,慢慢地散步,随时轻轻地把鸟笼前后摇晃着,这就是"遛鸟"。他们有的是步行来的,更多的是骑自行车来的。他们带来的鸟有的是两笼——多的可至八笼。如果带七八笼,就非骑车来不可了。车把上、后座、前后左右都是鸟笼,都安排得十分妥当。看到它们平稳地驶过通向密林的小路,是很有趣的——骑在车上的主人自然是十分潇洒自得,神清气朗。

养鸟本是清朝八旗子弟和太监们的爱好,"提笼架鸟"在过去是对游手好闲,不事生产的人的一种贬词。后来,这种爱好才传到一些辛苦忙碌的人中间,使他们能得到一些休息和安慰。我们常常可以在一个修鞋的、卖老豆腐的、钉马掌的摊前的小树上看到一笼鸟。这是他的伙伴。不过养鸟的还是以上岁数的较多,大都是从五十岁到八十岁的人,大部分是退休的职工,在职的稍少。近年在青年工人中也渐有养鸟的了。

北京人养的鸟的种类很多。大别起来,可以分为大鸟和小鸟两类。大鸟主要是画眉和百灵,小鸟主要是红子、黄鸟。

鸟为什么要"遛"?不遛不叫。鸟必须习惯于笼养,习惯于喧闹扰攘的环境。等到它习惯于与人相处时,它就会尽情鸣叫。这样的一段驯化,术语叫作"压"。一只生鸟,至少得"压"一年。

让鸟学叫,最直接的办法是听别的鸟叫,因此养鸟的人经常聚会在一起,把他们的鸟揭开罩,挂在相距不远的树上,此起彼歇地赛着叫,这叫作"会鸟儿"。养鸟人不但彼此很熟悉,而且对他们朋友的鸟的叫声也很熟悉。鸟应该向哪只鸟学叫，这得由鸟主人来决定。一只画眉或百灵，能叫出几种"玩意"，除了自己的叫声，能学山喜鹊、大喜鹊、伏天、苇乍子、麻雀打架、公鸡打架、猫叫、狗叫。

曾见一个养画眉的用一架录音机追逐一只布谷鸟，企图把它的叫声录下，好让他的画眉学。他追逐了五个早晨（北京布谷鸟是很少的），到底成功了。

鸟叫的音色是各色各样的，有的宽亮，有的窄高。有的鸟聪明，一学就会；有的笨，一辈子只能老实巴交地叫那么几声。有的鸟害羞，不肯轻易叫；有的鸟好胜，能不歇气地叫一个多小时！

养鸟主要是听叫，但也重相貌。大鸟主要要大，但也要大得匀称。画眉讲究"眉子"（眼外的白圈）清楚。百灵要大头，短喙。养鸟人对于鸟自有一套非常精细的美学标准，而这种标准是他们共同承认的。

因此，鸟的身份悬殊极大。一只生鸟（画眉或百灵）值二三元人民币，甚至还要少，而一只长相俊秀能唱十几种"曲调"的值一百五十元，相当于一个熟练工人一个月的工资。

养鸟是很辛苦的。除了遛，预备鸟食也很费事。鸟一般要吃拌了鸡蛋黄的棒子面或小米面，牛肉——把牛肉焙干，碾成细末。经常还要吃"活食"——蚱蜢、蟋蟀、玉米虫。

养鸟人所重视的，除了鸟本身，便是鸟笼。鸟笼分圆笼、方笼两种。一般的鸟笼值一二十元，有的雕镂精细，近于"鬼工"，贵得令人咋舌——有人不养鸟，专以搜集名贵鸟笼为乐。鸟笼里大有高低贵贱之分的是鸟食罐。一副雍正青花的鸟食罐，已成稀世的珍宝。

除了笼养听叫的鸟，北京人还有一种养在"架"上的鸟。所谓架，是一截树杈。养这类鸟的乐趣是训练它"打弹"，养鸟人把一个弹丸扔在空中，鸟会飞上去接住。有的一次飞起能接连接住两个。架养的鸟一般体大嘴硬，例如锡嘴和交嘴鹊。所以，北京过去有"提笼架鸟"之说。